동물농장

부클래식

016

동물농장

조지 오웰

강문순 옮김

부북스

차례

일러두기

- 이 책의 원본은 Orwell, George. *Animal Farm*. New York:Harcourt Brace Jovanovich, Inc., 1946.입니다.
- 번역 글 전체에서,
1. 농장 이름은 발음에 충실한 "매너 농장"이라고 하였습니다.
2. 원문의 "rebellion"을 기존에는 "봉기"로 옮겼는데 이를 "혁명"으로 옮기겠습니다. 원문에서 혁명을 직접적으로 의미하는 "revolution"이라는 단어를 사용하지 않고 "rebellion"이라는 단어를 사용한 것을 존중한다는 의미에서 "봉기"로 옮겼는데, 이는 오웰이 노골적으로 소비에트 혁명을 지칭하는 것처럼 보이지 않게 하기 위해서 (물론 소비에트 혁명을 의미하지만, 문학적으로 단순히 인유 정도로 처리한 것 같음) 일부러 "revolution"이라고 안 한 것이지만, 번역에서는 이 의미가 좀 더 직접적으로 드러나야 하는 것 같아 혁명으로 옮기겠습니다.

1

매너 농장의 주인인 존즈 씨는 그날 밤 너무 취해서 닭장 문을 잠그면서 닭들이 드나드는 구멍을 닫는 것을 깜빡했다. 비틀거리며 마당을 가로질러 집으로 가는 동안 등불의 원형 불빛도 좌우로 흔들렸다. 뒷문에서 장화를 발로 차 벗고 안으로 들어가 부엌에 있는 맥주 통에서 맥주 한 잔을 따라 마지막으로 마시고 잠자리에 들었다. 아내는 벌써 코를 골며 자고 있었다.

침실 불이 꺼지자마자 농장 곳곳에서 움직이는 소리와 날개를 퍼덕거리는 소리가 나기 시작했다. 옛날에 무슨 대회에 나가서 상을 탄 적 있는 미들 화이트종 늙은 수퇘지 메이저가 지난밤에 이상한 꿈을 꿨는데 그 꿈 얘기를 다른 동물들에게 해주고 싶다는 말이 낮 동안 동물들 사이에 돌았다. 그래서 존즈 씨가 밤에 농장 일을 끝내고 집으로 들어가자마자 전체 동물들이 대헛간에서 만나기로 하였다. 늙은 메이저(품평회에 나갈 때 이름은 윌링던 뷰티지만 그는 늘 이런 이름으로 불렸다.)는 농장에서 평판이 상당히 좋았기 때문에 동물들은 그의 말을 듣느라 한 시간 정도 잠을 덜 자는 희생을 기꺼이 치를 준비가 되어있었다.

대헛간 끝에 무엇인가를 높이 쌓아올려 만든 일종의 연단이 있었다. 연단 위의 기둥에 등불을 매달아 놓았는데 메이저는 일찌감치 이 등불 밑에 짚을 깔고 그 위에 자리를 잡고 앉아 있었다. 메이저는 열두 살이었다. 최근에 갑자기 뚱뚱해졌지만 근엄한 모습은 여전하였다. 비록 송곳니들을 한 번도 잘린 적이 없지만 현명하고 인정 많게 보이는 외모를 지녔다. 조금 있으니 다른 동물들이 도착하기 시작하였다. 자리를 잡은 동물들은 자신들이 생각하기에 제일 편안 자세를 취했다. 처음으로 블루벨, 제시, 핀처라고 각각 불리는 개 세 마리가 도착했다. 그 다음 돼지들이 도착했는데 돼지들은 곧바로 연단 바로 앞에 자리를 잡았다. 암탉들은 창틀에 자리했고, 비둘기들은 날아서 서까래에 올라가 앉았고, 양들과 소들은 돼지들 뒤에 자리를 잡고 앉아 되새김질을 시작하였다. 짐마차를 끄는 말인 복서와 클로버는 함께 왔는데 혹시 바닥에 깔아 놓은 짚 속에 작은 동물들이 있을지 몰라 아주 천천히 걸어 들어와서는 털로 덮인 큰 발굽을 매우 조심스럽게 굽혀 자리를 잡았다. 중년이 다 돼가는 어미 말 클로버는 네 번째 새끼를 낳은 이후로는 원래의 모습으로 돌아오지 못하고 뚱뚱해졌다. 복서는 키가 거의 열여덟 뼘이나 되고 보통 말 두 마리를 합쳐 놓은 것처럼 힘이 셌다. 코 밑으로 난 흰 줄 때문에 약간 어수룩하게 보였다. 실제 머리가 아주 좋은 말은 아니지만 성실하고 일할 때는 엄청난 힘을 발휘하기 때문에 동물들 모두가 그를 존경했다. 흰 염소 뮤리엘과 당나귀 벤자민이 그 다음으로 들어왔다. 벤자민은 농장에서 가장 나이가 많고 성질이 제일 고약했다. 벤자민은 좀체 입을 떼지 않았고

혹 입을 뗀다고 해도 대개 냉소적인 발언을 할 때뿐이었다. 예를 들어, 파리를 쫓으라고 신이 자신에게 꼬리를 주었겠지만 차라리 꼬리도 없고 파리도 없었으면 좋겠다는 식이었다. 농장에서 벤자민만 유일하게 웃지 않는 동물이었다. 왜 웃지 않느냐고 누군가가 물으면 웃을 만한 일이 없어서 웃지 않는다고 말하곤 했다. 이런 벤자민이 대놓고는 아니지만 복서에게는 헌신적이었다. 대개 이 둘은 과수원 너머에 있는 작은 방목장에서 말없이 나란히 옆에서 풀을 뜯으면서 일요일을 함께 보냈다.

복서와 클로버가 자리를 하자마자 어미를 잃은 오리 새끼들이 헛간으로 우르르 몰려들어와 삐약삐약 아기 소리를 내며 다른 동물들에게 밟히지 않을 안전할 자리를 찾아다녔다. 클로버가 자신의 큰 앞발을 쭉 뻗어서 오리 새끼들 주위에 일종의 울타리를 만들어주자 오리 새끼들은 그 안에서 편히 누워 곧 잠이 들었다. 마지막 순간에 존즈 씨의 경마차를 끄는, 머리는 모자라지만 예쁘장하게 생긴 흰색 암말 몰리가 화사하게 점잔을 빼며 들어왔다. 그녀는 각설탕을 씹느라 입이 바빴다. 몰리는 앞쪽에 자리를 잡고 앉아 다른 동물들의 관심을 끌기라도 하려는 듯, 빨간색 리본을 땋아서 붙여 놓은 자신의 흰색 갈기를 매만지기 시작하였다. 맨 마지막으로 고양이가 도착했는데, 고양이는 평소처럼 제일 따뜻한 자리를 찾기 위해 주위를 한참 둘러보다가 드디어는 복서와 클로버 사이를 비집고 들어가 앉았다. 메이저가 연설을 하는 동안 내내 고양이는 연설은 한마디도 듣지 않고 기분이 좋은 듯 가르랑거렸다.

길들여진 까마귀인 모세만 빼고 모든 동물들이 다 모였다. 모세는 집 뒷문에 있는 횃대에서 자고 있었다. 메이저는 모든 동물들이 자리를 잡고 연설이 시작하기를 숨죽이며 기다리는 것을 확인한 후 목청을 가다듬어 연설을 시작하였다.

"동무들, 여러분은 내가 어젯밤에 꾼 이상한 꿈에 대해 이미 들었을 테지만, 꿈 얘기는 나중에 하기로 하고 우선 다른 말을 먼저 하겠소. 동무들, 내가 살날도 그리 많지는 않소. 따라서 죽기 전에 내가 살면서 깨달았던 삶의 지혜를 여러분께 전해 주는 게 내 의무라고 생각하오. 난 오래 살았고 우리에 혼자 누워서 생각도 많이 해왔소. 그래서 나는 살아 있는 그 어느 동물보다 지구상의 생명체의 본성을 더 잘 알고 있다고 말할 수 있소. 바로 이것을 여러분들께 말씀드리고 싶소이다.

자, 동무들이여, 동물의 삶의 본질이 무엇입니까? 솔직히 말해 봅시다. 우리의 삶은 비참하고, 고되고, 게다가 짧기까지 하오. 태어나면서부터 우리의 몸이 숨 쉬고 살 수 있을 만큼만의 먹이를 얻어먹고, 숨이 남아있는 한 남은 마지막 힘까지 다 쓸 때까지 노역으로 혹사당하고 있소이다. 그러다 쓸모가 없어지면 가차 없이 참혹하게 도살당하오. 이 나라 영국에서는 어느 동물도 한 살이 지나고 나면 행복이란 게 뭔지, 혹은 여가가 뭔지 알지 못하오. 동물의 삶은 다른 게 아니라 말 그대로 비참하고 노예 같은 삶이오. 이는 명백한 진실이오.

그렇다면 우리가 이렇게 사는 것이 진짜 자연의 질서일까요? 영국이라는 이 나라가 너무나도 가난하기 때문에 이 땅의 생명체들이 이렇게밖에 살 수 없는 것일까요? 동무들, 아니오, 절대로 그렇지 않소. 영국의 땅은 기름지고 기후도 좋습니다. 현재 보다 훨씬 더 많은 동물들이 먹고도 남을 충분한 식량을 생산할 수 있소이다. 우리 농장만 해도 열두 마리의 말, 스무 마리의 소, 수백 마리의 양이 지금 우리가 상상도 못할 정도로 안락하고 품위 있게 살 수 있소. 그런데 왜 우리는 계속해서 이렇게 비참하게 살아야 할까요? 그 이유는 인간들이 우리의 노동으로 생산해 내는 것 거의 전부를 도둑질해가고 있기 때문이오. 동무들, 해답이 여기에 있소이다. 그건 바로 한마디로 말해 인간이 동물들의 유일하고도 실제적인 적이라는 것이오. 인간을 눈앞에서 몰아내야 해요. 그래야 우리가 더 이상 굶주리지도 않고 노동으로 혹사를 당하지도 않게 될 것이오.

생산하지 않으면서 소비만 하는 유일한 존재가 인간이오. 인간은 우유도, 달걀도 생산 못하오. 너무 약해서 쟁기도 끌 수 없소. 토끼도 잡을 수 없을 정도로 느리오. 하지만 이런 인간이 모든 동물들의 주인 행세를 하고 있소. 동물들에게 일을 시키고 그 대가로 굶어 죽지 않을 만큼의 최소량의 먹이만 주고 나머지는 제 것으로 챙겨가고 있소. 우리의 노동으로 땅을 경작하고, 우리의 똥으로 땅을 비옥하게 하고 있소만 우리가 가진 건 헐벗은 가죽밖에 없지 않소. 지금 내 앞에 자리하고 있는 암소 여러분, 작년 한 해 짜낸 우유가 도대체 몇 갤런이오? 송아지들이 먹었어야 할 그 우유들이 도대체 어디로 갔소? 적들의 목구멍 속으로 넘어갔소이다. 암탉 여러분, 작년에 낳은 달걀이 도대체 얼마나 되고, 그중 몇 마리가 병아리로 부화되었소? 부화

되지 않은 달걀들은 모조리 시장으로 팔려나갔고 그 결과 존즈 씨와 일꾼들이 돈을 벌지 않았소? 그리고 클로버, 당신이 낳은 새끼 네 마리는 지금 어디에 있소? 늘그막에 당신을 돌봐주고 당신의 기쁨이 되어야 할 그 새끼들은 지금 어디에 있단 말이오? 한 살이 되자마자 다 팔려나가지 않았소? 그 이후 다시 볼 수 없게 되었지 않소? 그동안 새끼를 네 번씩이나 낳아 주었고 밭에서 열심히 일한 대가로 당신이 얻은 게 뭐요? 매끼 보잘 것 없는 여물과 마구간 외에 없지 않소?

우리는 비참한 삶을 살면서도 천수도 누릴 수 없소? 나는 운이 좋은 동물이니 특별히 불만은 없소. 내 나이가 지금 열두 살이고 자식도 사백 마리가 넘소. 이게 돼지의 정상적인 삶이오. 그러나 어느 동물도 종국에는 잔인한 칼을 피해갈 수 없소. 지금 앞에 앉아 있는 어린 식용 돼지들, 자네들은 모두 비명을 지르며 도살장에서 생을 마감할 것이네. 우리 모두가 이런 공포에서 벗어날 수 없소이다. 소, 돼지, 닭, 양 모두 다. 심지어 말과 개의 운명도 나을 게 없소. 복서, 당신의 그 우람한 근육이 없어지는 바로 그날, 존즈는 자네를 폐마 도살장에 팔 것이네. 거기에서 당신의 목을 따고 푹 삶아서 여우 사냥개 먹이로 만들 것이오. 개가 나이가 들어서 이가 빠지면 존즈는 개의 목에다 벽돌을 매달아 근처 연못에 빠뜨려 죽일 것이오.

그렇다면 동무들, 우리 삶의 불행은 인간들의 폭정에서 생겨난다는 게 분명하지 않소? 인간을 몰아내는 것만이 우리의 노동생산물을 우리 것으로 만드는 유일한 방법이오. 그렇게 되면 우리는 하룻밤 사이에 부자가 될 수 있고, 자유로워질 수 있소이다. 그렇다면 우리가 할 일은 무엇일까요? 밤낮으로 몸과 마음을 전부 다 바쳐 인간을 몰아내야 하는 것 아니겠소? 내가 동무들에게 하고 싶은 말은 바로 이것이오. 혁명! 물론 그 반란이 언제 일어날지 나는 모르오. 다음 주일 수도 있고 백 년 후가 될 수도 있소. 그러나 지금 발밑에 있는 짚을 내가 정확히 보듯, 정의가 실현될 날이 멀지 않았다는 것을 나는 확신하오. 동무들, 길지 않은 여생동안 우리는 이 목표만을 바라봐야 하오. 그리고 무엇보다도 내가 지금 하는 이 말을 다음 세대들에게도 반드시 전해주어야 합니다. 그래야만 미래의 세대들이 우리가 승리할 때까지 이 투쟁을 계속해 나갈 수 있소이다.

그리고 동무들, 여러분의 결심이 결코 흔들려서는 안 된다는 것을 기억해야만 하오. 귀가 솔깃한 말에 속아 헤매면 안 되오. 인간과 동물에게는 공동의 이익이 있으므로 한쪽이 번성하는 것이 다른 쪽도 번성하는 길이라는 것과 같은 말을 믿지 마시오. 모두가 다 거짓이오. 인간은 오로지 자신들의 이익에만 관심이 있소. 그러니 우리의 투쟁에는 완벽한 단합과 동지애가 필요하오. 모든 인간은 적이고 모든 동물은 동지라는 점을 명심하시오."

이 말에 동물들은 엄청난 환호로 응대했다. 메이저가 연설을 하고 있는 동안 커다란 쥐 네 마리가 쥐구멍에서 몰래 기어 나와 두 뒷다리로 선채 연설을 경청하고 있었는데 개들과 눈이 마주치자 신속히 구멍으로 몸을 피해 목숨을 건졌다. 메이저가 조용히 하라는 신호로 앞발을 들었다.

"동무들, 결정해야 할 문제가 하나 있소이다. 쥐나 토끼 같은 야생 동물들은 우리의 친구입니까, 적입니까? 투표로 결정합시다. 나는 이 문제를 회의의 안건으로 제안하는 바요. 쥐는 우리의 동지입니까?"

곧장 투표가 행해졌고 거의 만장일치로 쥐가 동지라고 결정되었다. 반대표는 개 세 마리와 고양이 한 마리가 던진 네 표뿐이었다. 고양이는 양쪽 모두에 투표를 한 것으로 나중에 밝혀졌다. 메이저의 연설은 계속됐다.

"오늘 하고 싶은 말은 다한 것 같소만 다시 한 번 반복하고자 하오. 인간과, 인간이 우리를 대하는 모든 방식에 적개심을 품는 것이 여러분들의 의무라는 것을 명심하시오. 두 발로 걷는 것들은 모두 우리의 적이오. 네 발로 걷거나, 날개가 있는 것들은 모두 우리의 친구입니다. 또한 인간과 투쟁하면서 절대로 인간을 따라 해서는 안 된다는 것을 명심하시오. 인간을 정복한 뒤에도 인간의 악행을 따라 해서는 안 되오. 동물들은 인간처럼 집 안에서 살거나, 침대에서 자거나, 옷을 입거나, 술을 마시거나, 담배를 피거나, 돈을 만지거나, 장사를 하거나 해서는 절대로 안 되오. 인간이 하는 것은 모두 악이오. 그리고 무엇보다도 동물은 절대로 동족에게 폭정을 행해서는 안 되오. 힘이 세건 약하건, 영리하건 우둔하건 우리 모두는 다 형제요. 어느 동물도 다른 동물들을 죽여서는 안 되오. 모든 동물은 평등하오.

자, 동무들, 지금부터는 어젯밤 내가 꾼 꿈에 대해서 말씀드리겠소이다. 그 꿈에 관해서 세세히 묘사할 수는 없지만, 인간이 사라지고 난 세상에 관한 꿈이었소. 그 꿈은 내가 지금까지 잊고 지내던 것을 생각나게 해주었소. 오래 전 내가 아직 어린 새끼였을 때 내 어머

니와 동네 암퇘지들이 함께 부르곤 하던 노래가 있었소. 그런데 그들은 노래의 곡조와 가사의 첫 세 마디만 알고 있었소. 나도 그 노래의 곡조를 어렸을 때부터 알고 있었지만 시간이 많이 흐른 지금 다 잊고 있었는데 바로 어젯밤 꿈속에서 그 멜로디가 생각났소이다. 그뿐만이 아니오. 가사까지 생각이 난 것이오. 오래전에 동물들이 불렀었지만, 세대가 바뀌는 바람에 잊혔던 바로 그 노래의 가사가 말입니다. 내 그 노래를 지금 여러분들 앞에서 불러보겠소. 곡조를 배우고 나면 늙어서 탁해진 목소리로 내가 부르는 것보다 여러분들이 더 잘 부를 수 있을 것이오. 노래 제목은 〈영국의 짐승들〉이오."

늙은 메이저가 목청을 가다듬어 노래를 부르기 시작했다. 그가 말한 대로 목소리는 탁했지만 썩 잘 불렀다. 곡조는 마음을 흔들었다. 어딘지 〈클레멘타인〉과 〈라 쿠카라차〉의 중간쯤에 해당되는 것 같았다. 가사는 다음과 같았다.

영국의 짐승들이여, 아일랜드의 짐승들이여,
전 세계의 짐승들이여,
황금 빛 미래에 관해서 내가 전하는 기쁜 소식을
잘 들어보라,

그 날이 멀지 않았네,
인간의 폭정이 무너지고
풍요로운 영국의 들판에

짐승들만 걸어 다닐 날이.

코뚜레가 우리들의 코에서 사라지고,
멍에가 우리들의 등에서 사라지고,
재갈과 박차는 영원히 녹슬 것이고,
잔인한 채찍소리는 더 이상 들리지 않으리.

엄청난 부와,
밀과 보리, 귀리와 건초,
토끼풀과 콩과 사탕무가
그날 바로 우리 것이리.

영국의 들판은 화려하게 빛나고,
강물은 더 깨끗해지고,
바람은 더 달콤하게 불리라,
우리가 해방되는 바로 그날.

그날을 위해 우리 모두 일하세,
그날을 보지 못하고 죽는다 해도.
소와 말, 거위와 칠면조 모두
자유를 위하여 일하세.

영국의 짐승들이여, 아일랜드의 짐승들이여,

전 세계의 짐승들이여,

황금 빛 미래에 관해서 내가 전하는 기쁜 소식을

잘 들어보라,

이 노래를 부르다 보니 모든 동물들이 극도로 흥분했다. 메이저의 노래가 끝나기도 전에 동물들은 이 노래를 따라 불렀다. 머리가 제일 나쁜 동물들도 곡조는 물론이고 가사를 몇 마디를 외웠고, 돼지와 개처럼 영리한 동물들은 몇 분 안 되어 곡조와 가사 전체를 다 외웠다. 몇 번 연습을 한 후 동물들 전체가 〈영국의 짐승들〉을 우렁차게 불렀다. 암소들은 음매, 개들은 깽깽, 양들은 매에, 말들은 히힝, 오리는 꽥 꽥. 노래가 무척 맘에 들어서 연속해서 다섯 번을 불렀다. 방해만 없었다면 아마 밤새 불렀을 것이다.

그러나 불행히도 이 소란 때문에 존즈 씨가 침대에서 뛰쳐나왔다. 존즈 씨는 필시 여우가 침입한 것이라고 단정하고 늘 침대 모서리에 세워두는 총을 잡아들고 어둠 속으로 총을 쐈다. 산탄은 헛간 벽에 박혔고 회의는 순식간에 끝이 났다. 모든 동물이 신속히 잠자리로 돌아갔다. 새들은 횃대로 올라갔고 그 밖의 동물들은 짚에 몸을 뉘었다. 순식간에 농장 전체가 잠에 빠져들었다.

2

사흘 후 늙은 메이저가 자다가 평안하게 죽었다. 시신은 과수원 아래쪽에 묻혔다.

이때가 삼월 초순이었다. 그 이후 석 달 동안 많은 일들이 은밀하게 진행되었다. 메이저의 연설은 농장에서 머리가 좋은 동물들에게 자신들의 삶을 완전히 새롭게 바라보는 계기를 가져다주었다. 비록 동물들은 메이저가 예언한 그 혁명이 언제 일어날지도 몰랐고 또한 자신들이 살아있는 동안 일어날 것이라고도 예상하지는 않았어도, 혁명을 준비하는 것이 자신들의 의무라는 것을 분명히 깨닫고 있었다. 다른 동물들을 가르치고 조직하는 역할은 동물 중에서 제일 영리하다고 여겨지는 돼지들에게 자연스럽게 돌아갔다. 여러 돼지 중에서 가장 뛰어난 돼지는 존즈 씨가 시장에 내다 팔려고 키우고 있는 젊은 수퇘지 두 마리, 스노우볼과 나폴레옹이었다. 나폴레옹은 덩치가 크고 다소 사납게 보이는 버크셔종 수퇘지였다. 그는 농장에서 유일한 버크셔종 돼지인데 말솜씨가 좋은 편은 아니었지만 마음먹은 것은 꼭 이루고 마는 주관이 뚜렷한 돼지로 알려졌다. 스노우볼은 나폴레옹에 비해 훨씬 쾌활하고, 언변도 좋고 재주도 더 많았지만 나폴레옹만큼 심지가 깊지는 못하다고 알려졌다. 농장의 나머지 수퇘지들은 모두 식용 돼지였는데 이 중 가장 유명한 돼지인 스퀄러는 작고 살쪘으며, 얼굴은 둥글고, 눈은 빛나고, 행동은 민첩했고, 날카로운 목소리를 가졌다. 그는 언변이 뛰어나고, 뭔가 어려운 주제를 논할 때면 이쪽저쪽 다니면서 꼬리를 휘두르는 습관을 가졌는데 이런 습관이 그의 주장을 꽤 설득력 있게 보이게 하였다. 동물들은 스퀄러가 설득하려 들면 검은 것도 흰 것으로 바꾸어 놓을 수 있는 수완이 있는 돼지라고 말했다.

이들 세 마리 돼지가 메이저의 가르침을 정교하게 발전시켜 완벽한 사상체계를 완성시켰다. 그들은 이를 동물주의라고 이름 붙였다. 동물들은 존즈 씨가 잠든 뒤 일주일에도 몇 번씩 헛간에서 비밀모임을 가졌고, 여기서 다른 동물들에게 동물주의의 원리를 설명해주었다. 이들은 처음 얼마 동안 동물들의 우둔함과 냉담함을 견뎌야했다. 존즈 씨에 충성할 의무가 있다고 말하는 동물들도 있었다. 그들은 존즈 씨를 "주인님"이라고 부르거나 "우리를 먹여 살리고 있는 분이 바로 존즈 씨니, 만일 존즈 씨가 사라진다면 우리는 굶어 죽을 수밖에 없지 않겠어요?"와 같은 매우 유치한 말을 지껄이기도 했다. 어떤 동물은 "왜 우리가 우리 죽은 다음에 일어날 일에 신경을 써야 하죠?"라거나 "만약 혁명이 어떻게든 일어나게 되어 있다면 우리가 가담하고 안하고가 무슨 차이가 있죠?"라는 질문을 하기도 했다. 돼지들은 이런 식의 질문은 동물주의 정신에 반하는 것이라는 점을 그들에게 인식시키느라 고생했다. 질문 중에서 가장 바보 같은 질문은 백마 몰리가 한 질문이었다. 몰리가 스노우볼에게 한 첫 번째 질문은 "혁명 후에도 설탕이 여전히 있을까요?"였다.

스노우볼은 "아니"라고 단호하게 말했다. "이 농장에선 설탕을 만들 방법이 없어요. 게다가, 더 이상 설탕이 필요하지도 않을 겁니다. 왜냐하면 당신이 원하는 만큼 얼마든지 귀리와 건초를 먹을 수 있을 테니까요."

"제가 그때에도 갈기에 리본을 달 수 있나요?" 몰리의 두 번째 질문이었다.

"동무" 스노우볼이 대답했다. "당신이 그토록 애지중지하는 그 리본들은 당신이 노예임을 말해주는 징표입니다. 자유가 리본보다 더 소중하다는 것을 이해하지 못하겠어요?"

스노우볼의 말에 동의했지만 몰리의 목소리에는 확신이 없었다.

돼지들은 길들여진 까마귀인 모세가 퍼뜨리고 다니는 거짓말을 반박하느라 더 힘든 싸움을 벌였다. 존즈 씨가 특별히 아끼는 애완조 (愛玩鳥)인 모세는 스파이였고 고자질쟁이였다. 하지만 모세 역시 말솜씨가 뛰어났다. 그는 동물들이 죽으면 슈가캔디 산(山)이라고 불리는 신비스러운 나라에 가게 되어 있으며 자신이 그곳을 잘 알고 있다고 말했다. 그 나라는 하늘 높이 구름 너머 어딘가에 있고, 그곳에서는 일주일에 7일이 모두 일요일이고 토끼풀도 사시사철 자라며 울타리에서는 각설탕과 아마씨 케이크가 자란다고도 말했다. 말만 했지 일은 하지 않는 모세를 동물들은 싫어했지만 몇몇은 슈가캔디 산이 실제로 존재한다고 믿었다. 그래서 돼지들은 그런 곳은 절대로 존재

하지 않는다고 그들을 설득하기위해 무진 애를 썼다.

돼지들의 가장 충성스러운 제자들은 짐마차를 끄는 말인 복서와 클로버였다. 이 둘에게 자신들의 힘으로 무엇인가를 생각해내는 것은 무척 힘든 일이었지만 그들은 돼지들을 선생님으로 모시고 나서 이들 선생님들의 말씀 하나 하나를 완전히 흡수한 후 이를 단순한 이론으로 만들어서 다른 동물들에게 설명해 주었다. 그들은 헛간에서의 비밀회동에 단 한 번도 빠진 적이 없으며 회동이 끝날 때면 늘 부르는 〈영국의 짐승〉을 선창했다.

혁명은 예상보다 훨씬 일찍 그리고 훨씬 쉽게 일어난 것으로 판명되었다. 비록 존즈 씨가 오랜 시간 동안 냉혹한 주인이었다고는 하나 유능한 농사꾼이었다. 하지만 최근에 처지가 어려워졌다. 소송에 지는 바람에 많은 돈을 날렸기 때문이다. 낙담한 존즈 씨는 몸에 해가 갈 정도로 매일 술을 많이 마셨다. 어떤 날에는 하루 종일 부엌에서 윈저의자에 앉아 빈둥빈둥 신문을 보며 술을 마시다가 이따금씩 맥주에 젖은 빵 부스러기를 모세에게 모이로 주었다. 일꾼들은 게으름을 피웠고 주인 존즈 씨를 속였다. 밭에는 잡초가 무성했고 건물 지붕에서는 비가 샜으며, 울타리는 허물어진 채로 방치되었고 동물들에게도 먹이도 제대로 주지 않았다.

건초로 쓰일 풀을 벨 때인 유월이 되었다. 하지 전날은 때마침 토요일이어서 존즈 씨는 윌링던에 가서 레드 라이온이라는 술집에서 술을 취하도록 마셨고, 다음 날 일요일 한 낮이 되도록 집으로 돌아오지 못했다. 일꾼들은 아침 일찍 우유만 짜고 동물들에게 먹이도 주

지 않고 토끼사냥을 가버렸다. 존즈 씨는 집에 돌아오자마자 거실 소
파에 누워 이내 세계뉴스 신문을 얼굴에 덮고 잠이 들었다. 그래서
저녁이 되었는데도 동물들은 그날 한 끼도 먹지 못했다. 동물들은 더
이상 참을 수가 없었다. 암소 한 마리가 곳간 문을 뿔로 부수고 들어
갔고 곧이어 모든 동물들이 뒤쫓아 들어가서는 그곳에 있는 곡물들
을 먹어치웠다. 그때서야 존즈 씨는 잠에서 깼다. 곧이어 존즈 씨와
일꾼 넷이 손에 채찍을 들고 곳간으로 들어가 닥치는 대로 채찍을 휘
둘러댔다. 이는 굶주린 동물들의 인내심의 한계를 넘어선 것이었다.
비록 미리 계획한 것은 아니었지만 동물들은 존즈 씨와 일꾼들에게
일제히 달려들어 이들을 뿔로 들이받고 발굽으로 찼다. 상황은 걷잡
을 수 없는 국면으로 치달았다. 동물들이 이런 행동을 한 것은 이번
이 처음이었다. 이전까지는 아무리 많이 때리고 학대를 심하게 해도
가만히 있던 동물들이 이처럼 난동을 부리는 것을 보자 그들은 정신
이 나갈 지경이었다. 그들은 반격하는 것도 포기하고 무조건 줄행랑
쳤다. 일 분 후 이 다섯 사람은 한길로 나가는 마찻길을 따라 도망가
고 있었다. 의기양양한 동물들이 이들의 뒤를 쫓았다.

　존즈 부인은 침실 창 너머로 동태를 살피고 있다가 상황이 심상
치 않게 돌아가는 것을 보고는 서둘러 돈 되는 것 몇 가지를 여행용
가방에 던지듯이 집어넣고 다른 길로 농장을 빠져나왔다. 모세도 횃
대에서 뛰어내려 까악까악 소리를 내며 존즈 부인 뒤를 날개를 퍼드
덕거리며 따라갔다. 한편 존즈와 일꾼들을 큰 길로 쫓아버린 동물들
은 다섯 개의 빗장이 달린 농장 문을 쿵 닫아걸었다. 이렇게 해서 뭐

가 어떻게 된 것인지도 모르는 사이에 혁명은 성공을 거두었다. 존즈는 쫓겨나고 매너 농장은 동물들의 차지가 되었다.

한동안 동물들은 자신들에게 찾아온 행운을 믿지 못했다. 그들이 맨 먼저 한 행동은 마치 근처에 인간이 숨어 있는지를 확인이나 하려는 듯 무리를 지어 농장의 경계선을 뛰어다닌 것이었다. 그런 다음 동물들은 농장 건물로 질주하듯 되돌아와서 혐오스러운 존즈의 통치 흔적을 마지막 하나까지 다 지워버렸다. 그들은 마구간 끝에 있는 마구실을 부수고 들어가 거기에 있는 재갈, 코뚜레, 개 사슬, 존즈 씨가 돼지와 양을 거세할 때 사용했던 잔인한 칼 등을 우물에 던져버렸다. 고삐, 굴레, 눈가리개, 굴욕적인 꼴 자루들을 모아 마당에 지핀 쓰레기 불 속으로 던졌다. 채찍도 마찬가지로 불 속으로 던졌다. 채찍이 불타는 것을 보고 모든 동물들은 기뻐서 경중경중 뛰었다. 스노우볼은 주로 장날 같은 날, 말들의 갈기와 꼬리를 치장하던 리본을 한데 모아 불 속으로 던져 버렸다.

"리본도 옷의 일종입니다. 옷은 인간들이나 입는 것입니다. 따라서 동물은 옷을 입지 않아야 합니다"라고 스노우볼이 말했다.

이 말을 듣고 복서는 여름에 귀에 달라붙는 파리를 막기 위해 쓰는 짚 모자를 가져와서 불에 집어넣었다.

동물들은 순식간에 존즈 씨와 관련된 것들을 모두 없앴다. 나폴레옹은 곳간으로 동물들을 데리고 가 모두에게 평소 양의 두 배의 옥수수를 나눠줬다. 개에게는 비스킷을 두 개씩 줬다. 이어 그들은 〈영국의 짐승들〉을 처음부터 끝까지 일곱 번이나 쉬지 않고 계속 불렀다. 노래를 부르고 난 후 동물들은 우리로 돌아와 생전 처음 가장 달콤한 잠을 잤다.

새벽이 되자 동물들은 평소처럼 잠에서 깨서는 전날의 영광스러운 일이 문득 생각나 함께 목초지로 뛰어나갔다. 목초지 조금 아래쪽에는 농장 전체가 한눈에 들어오는 야트막한 둔덕이 있었다. 동물들은 둔덕 위로 뛰어가 청명한 아침 햇살이 비치는 농장 주위를 둘러보았다. 그렇다, 농장은 이제 동물들의 것이었다. 눈에 들어오는 것은 모두가 다 동물들의 것이었다. 이런 황홀한 생각으로 신이 난 동물들은 이리저리 뛰어다니기도 했고 공중으로 뛰어오르기도 했다. 아침이슬을 머금은 풀밭을 뒹굴기도 했고, 향긋한 여름풀을 한입씩 뜯어먹기도 했고 검은 흙 덩어리를 발로 뒤척거리거나 그 냄새를 맡아보기도 했다. 그런 다음 농장의 이곳저곳을 살펴보았다. 마치 생전 처음 보기라도 하는 듯, 동물들은 경작지, 건초용 초지, 과수원, 물웅덩이, 덤불을 보고 감격해서 할 말을 잃었다. 이제 이것들 모두가 자신들의 것이라는 것이 도저히 믿기지 않았다.

동물들은 농장 건물로 되돌아오는 길에 존즈 씨가 살던 집 앞에서 조용히 멈춰 섰다. 이 집도 이제는 동물들의 것이지만 감히 집 안으로 들어가 볼 엄두가 나지 않았다. 하지만 잠시 후 스노우볼과 나폴레옹이 어깨로 문을 밀어젖히자 일렬로 줄지어 안으로 들어갔다. 안에 들어가서는 행여 집안 물건을 무엇 하나 건드릴까봐 조심스럽게 발걸음을 옮겼다. 방에서 방으로 이동할 때는 뒤꿈치를 세워 걸었고, 말을 해도 속삭이듯 나지막한 소리로 했고, 상상도 못할 호화로운 물건들, 농장 동물들의 깃털로 속을 채운 매트리스가 깔린 침대, 거울, 말총으로 만든 소파, 브뤼셀산(産) 카펫, 거실의 벽난로 선반 위에 놓인 빅토리아 여왕이 새겨진 석판화 등을 경이롭게 구경했다. 계단을 내려오는데 몰리가 안 보여서 되돌아가 보니 몰리는 집에서 제일 좋은 침실에 남아 존즈 부인의 화장대에 있던 파랑색 리본을 하나 집어 어깨에 대보고 바보처럼 거울에 비친 자신의 모습에 탄복하고 있었다. 다른 동물들이 그녀를 호되게 질책했고 동물들은 모두 집밖으로 나갔다. 동물들은 부엌에 매달려 있던 햄을 가지고 나와 땅에 묻어주었다. 복서는 싱크대에 있던 맥주 통을 발굽으로 차 구멍을 냈다. 그 밖의 집안 물건에는 전혀 손을 대지 않았다. 즉석에서 농가를 박물관으로 보존한다는 의견이 만장일치로 통과했다. 어느 누구도 그 안에서 살지 말자는 데에도 모두가 동의했다.

아침식사 후 스노우볼과 나폴레옹이 동물들을 다시 소집했다.

스노우볼이 말했다. "동무들, 지금이 여섯 시 삼십 분입니다. 오늘 아직 시간이 많이 남아있습니다. 오늘 건초 수확을 시작해야 합니다. 그러나 그 전에 해야 할 일이 하나 있습니다."

이 자리에서 돼지들은 존즈 씨의 아이들이 버린 철자교본을 쓰레기 더미에서 주워와 읽고 쓰는 법을 지난 석 달 동안 독학해 왔다고 밝혔다. 나폴레옹은 검은색과 흰색 페인트를 가져오게 한 후, 한길가에 있는 빗장이 다섯 개 달린 농장 정문으로 모두를 데리고 갔다. 스노우볼이(동물들 중에서 글자를 제일 잘 썼다.) 앞발 사이에 붓을 끼고 정문 제일 위 빗장에 적혀있는 〈매너 농장〉이라는 글자를 지우고 그 자리에 〈동물농장〉이라고 고쳐 써 넣었다. 이게 이 농장의 새 이름이었다. 이름을 고쳐 쓴 후 동물들은 농장 건물로 되돌아갔다. 스노우볼과 나폴레옹은 사다리를 가져와 대헛간 한쪽 벽 끝에 세우게 했다. 스노우볼과 나폴레옹은 지난 석 달 동안 열심히 연구한 끝에 동물주의의 원리를 칠 계명으로 요약할 수 있게 되었노라고 말했다. 이 칠 계명을 벽면에 새길 것이고 이 칠 계명은 이 순간부터 동물농장의 모든 동물들이 따라야 하는 절대불변의 법률이 된다고 말했다. 스노우볼은 몇 번의 시도 끝에(돼지가 사다리 위에서 중심을 잡는 것은 쉬운 일이 아니었다.) 사다리를 타고 위로 올라가 칠 계명을 벽에 새기는 작업을 하기 시작했다. 한 두 칸 밑에서 스퀼러가 페인트 통을 들고 있었다. 타르 칠을 한 벽면에 큰 흰색 글자로 새겨진 계명은 삼십 야드 밖에서도 잘 보였다. 칠 계명은 다음과 같았다.

칠 계명

1. 두발로 걷는 것들은 모두 적이다.
2. 네발로 걷거나 날개가 있는 것들은 모두 친구다.
3. 모든 동물은 옷을 입어서는 안 된다.
4. 모든 동물은 침대에서 자서는 안 된다.
5. 모든 동물은 술을 마셔서는 안 된다.
6. 모든 동물은 다른 동물을 죽여서는 안 된다.
7. 모든 동물은 평등하다.

깔끔하게 잘 쓴 글씨였다. "친구(friend)"를 "챈구(freind)"라고 적고 "S"자의 좌우가 바뀐 것을 제외하고는 모든 철자가 정확했다. 스노우 볼이 글을 모르는 동물들을 위하여 칠 계명을 크게 읽어주었다. 동물들은 완전한 동의의 표시로 고개를 끄덕였고 머리 좋은 동물들은 계명을 벌써 다 외웠다.

"자, 동무들." 스노우볼이 붓을 내려놓으면서 외쳤다. "건초를 수확하러 갑시다. 존즈와 그의 일꾼들보다 추수를 더 빨리 해내는 영예를 이루어 냅시다."

바로 이때 지난 며칠 동안 몸 상태가 안 좋았던 암소 세 마리가 음매하고 큰 소리를 냈다. 스물 네 시간 동안 젖을 짜지 못해 젖통이 거의 터질 지경이었다. 잠시 생각을 한 뒤, 돼지들은 양동이를 가져오게 하고선 암소의 젖을 잘 짜주었다. 젖을 짜는 데에는 돼지들 앞발이 제격이었다. 오래 걸리지 않아 다섯 개의 양동이에 거품이 이는 크림 같은 우유가 가득 찼다. 동물들은 이를 신기한 듯 쳐다보았다.

"그 우유를 모두 어떻게 하실 건가요?" 누군가가 물었다.

"존즈는 우리의 먹이에 가끔 우유를 섞어 주기도 했어요."라고 암탉 한 마리가 말했다.

"동무들, 우유에 신경 쓰지 맙시다!" 나폴레옹이 양동이 앞으로 나오며 말했다. "알아서 잘 처리하겠습니다. 지금은 추수가 더 중요한 일입니다. 스노우볼 동무가 앞장설 것입니다. 저는 조금 있다가 합류하겠습니다. 동무들, 앞으로! 건초가 우리들을 기다리고 있습니다."

동물들은 추수를 하기 위하여 무리지어 건초 밭으로 갔다. 저녁 때 돌아와 보니 우유는 어디론가 사라져 버리고 없었다.

3

동물들은 건초를 수확하느라 얼마나 엄청난 노동을 했단 말인가! 그들의 고생에는 그만한 보상이 따랐다. 수확량이 기대했던 것보다 훨씬 더 많았다.

일이 무척 고될 때가 있었다. 농기구라는 것은 인간이 사용하라고 만들어 진 것이지 동물이 사용하도록 만들어진 것이 아니었다. 뒷다리로 서서 일을 해야 하는 동물들에게 농기구는 아무런 도움이 안 되었다. 그러나 영리한 돼지들은 매번 힘든 일이 생길 때마다 해결 방법을 생각해 냈다. 밭 구석구석을 훤히 꿰고 있는 말들은 존즈나 그의 일꾼들보다 풀을 베고 긁어모으는 일을 훨씬 잘 했다. 돼지들은 직접 일을 하지는 않고 대신 다른 동물들이 일하는 것을 지휘하고 감독했다. 아는 게 많은 돼지가 작업을 지휘하고 감독하는 것은 자연스러웠다. 복서와 클로버는 제초기와 써레를 몸에 달고, (물론 재갈이나 고삐는 더 이상 필요 없었다.) 뒤를 따라오면서 상황에 따라 "워이, 위로, 동무!" "워이, 뒤로, 동무!"라고 외치는 돼지와 함께 계속해서 밭을 빙빙 돌았다. 그리고 힘이 약한 동물들까지 모두 나서서 건초를 뒤집거나 걷어 들이는 일에 매달렸다. 오리와 암탉들도 뙤약볕 속에서 왔다갔다하면서 부리로 조금씩이나마 건초 나르는 것을 도왔다. 마침내 동물들은 존즈와 그의 일꾼들보다 이틀이나 빨리 추수를 끝냈을 뿐만 아니라 농장 역사상 최고의 수확량을 기록했다. 암탉과 오리들이 그들의 예리한 눈으로 마지막 풀 하나까지 다 찾아내 모았기 때문에 버린 것도 하나 없었다. 그리고 동물 중 어느 누구도 건초를 단 한 입도 훔쳐 먹지 않았다.

그해 여름 내내 농장일은 마치 시계처럼 정확하게 진행되었다. 이런 일은 상상도 못했던 것이라 동물들은 무척이나 행복해했다. 입에 들어오는 모든 음식이 하나같이 엄청난 즐거움을 가져다주었다. 지금 동물들이 먹는 것은 인색한 주인이 조금씩 동냥 주듯 던져주는 먹이가 아니라 자신들이 스스로를 위해 생산한 진정한 먹이였기 때문이었다. 아무짝에도 쓸모없는 기생충 같은 인간이 사라지고 나자 동물들에게는 먹을 것이 더 많아졌다. 아직은 익숙하지 않았지만 여가시간도 더 많아졌다. 그러나 어려운 문제도 생겨났다. 예를 들어, 그해 말 옥수수걷이 때는 농장에 탈곡기가 없었기 때문에 동물들은 옛날 방식으로 옥수수를 발로 밟아 알곡을 빼낸 후 입으로 후후 불어, 남은 껍질을 날려버려야 했다. 그러나 돼지들의 영특함과 복서의 엄청난 근력으로 이런 난관도 잘 헤쳐 나갔다. 복서는 모든 동물들의 감탄의 대상이었다. 존즈가 농장을 운영하던 시절에도 복서는 열심히 일했지만 지금은 마치 말 세 마리 이상의 일을 하는 것처럼 보였다. 농장일 전체가 마치 복서의 강인한 어깨에 의존하고 있는 것처럼 보이는 때도 있었다. 복서는 아침부터 밤까지 일이 가장 힘든 곳에서 밀고,

끌며 열심히 일했다. 그는 정규 일과가 시작되기 전에 자원해서 일을 더 하기 위해 수평아리들에게 다른 동물들보다 삼십 분 일찍 깨워달라고 부탁을 할 정도였다. 그는 문제가 생기거나 난관에 봉착할 때마다 그가 늘 하는 말은 "내가 더 열심히 일한다."였다. 그는 이 말을 인생의 좌우명으로 삼았다.

다른 동물들은 자신의 능력에 따라 일을 했다. 예를 들어, 암탉과 오리들은 옥수수걷이 때 땅에 떨어져 있는 알곡을 주워 모아 옥수수 수확량을 다섯 부셸 늘렸다. 곡식을 훔치는 동물은 하나도 없었으며 아무도 배급량에 대해 불평하지 않았다. 실제로 이전에는 다투고물고 뜯고 질투하는 일들이 흔했지만 지금은 아니었다. 모든 동물들이, 아니 거의 모든 동물들이 열심히 일했다. 사실 몰리는 아침에 일찍 일어나지 않았다. 어떤 날에는 일을 하다가도 발굽에 돌이 박혔다는 이유를 대고 일찍 일을 끝내기도 하였다. 고양이도 좀 별나게 행동했다. 동물들은 할 일이 있을 때마다 고양이가 보이지 않는다는 것을 알게 되었다. 고양이는 한참 동안 사라졌다가도 식사시간이나 혹은 일과가 끝난 저녁 때 마치 아무 일도 없었다는 듯 다시 나타나곤했다. 그때마다 고양이는 무척 그럴듯한 변명을 하거나 애교 섞인 목소리로 가르랑 가르랑 거렸기 때문에 그녀의 말을 믿지 않을 수 없었다. 나이 많은 당나귀 벤자민은 혁명 이후에도 달라진 게 없었다. 그는 존즈가 농장을 경영하던 시절과 마찬가지로 여전히 자신의 방식대로만 일을 하려고 하였고 일도 매우 느릿느릿하게 했다. 자원해서 가외 일을 하지는 않았지만 그렇다고 자기에게 주어진 일을 회피하려고 하지도 않았다. 그는 혁명에 관해서나 그 결과에 관해서 아무 견해도 피력하지 않았다. "존즈가 사라지고 난 지금이 더 행복해요?"라는 질문에도 "당나귀는 오래 살지. 어느 누구도 당나귀가 죽은 걸 본적이 없을 거요."라고 대답할 뿐이었다. 동물들은 이 알 듯 모를 듯한 대답에 만족할 수밖에 없었다.

일요일에는 일을 하지 않았다. 아침식사는 평일보다 한 시간 늦게 했다. 아침식사 후에는 매주 거르지 않고 치르는 의식이 있었다. 의식의 첫 순서는 기 게양식이었다. 깃발은 스노우볼이 마구실에서 찾아낸 이전에 존즈 부인이 쓰던 낡은 초록색 식탁보 위에 흰색으로 발굽과 뿔을 그려 넣은 것이었다. 동물들은 이 기를 매주 일요일 아침마다 게양하였다. 초록색은 영국의 초원, 발굽과 뿔은 인간이 지구상에서 완전히 사라진 후 수립될 동물공화국을 상징하는 것이라고 스노우볼이 설명하였다. 기 게양식이 끝나면 동물들은 총회에 참석하기 위해 대헛간으로 행진했다. 이 총회에서는 다음 주에 할 일을 계획하고, 결의할 사항들을 제시하고 논의하였다. 결의안은 늘 돼지들이 제시하였다. 다른 동물들도 투표를 어떻게 하는지는 알고 있었지만 스스로의 힘으로 결의안을 제시한 적은 한 번도 없었다. 토론 때는 스노우볼과 나폴레옹이 다른 어느 동물들보다 가장 열심이었는데, 나중에 알게 된 일이지만, 이 둘이 의견에 일치를 본 적은 한 번도 없었다. 그들 중 어느 한쪽이 의견을 내면 다른 한쪽은 반드시 반대를 했다. 과수원 뒤에 있는 작은 방목장을 일할 나이를 넘긴 늙은 동물들이 여생을 편히 보낼 수 있는 시설로 활용하자는 결의안이 채

택되었을—어느 누구도 그 자체를 반대를 할 수 없었다—때도 동물들의 종에 따른 적정 정년을 얼마로 할 것인가를 두고 격렬한 토론이 벌어졌다. 회의는 항상 〈영국의 짐승들〉 제창으로 끝났고 오후에는 여가시간을 가졌다.

돼지들은 마구실을 자신들의 본부로 사용했다. 돼지들은 매일 저녁 이곳에 모여 존즈가 살던 집에서 가져온 책을 보면서 대장간 일, 목공 일, 그리고 그 밖에 필요한 기술을 배웠다. 또한 스노우볼은 동물들을 모아 자신이 명명한 동물위원회를 조직하는 일을 하느라 분주했다. 피곤할 겨를도 없이 이 일에 몰두했다. 암탉들을 모아 달걀 생산위원회를, 소들을 모아 꼬리청결동맹을 결성했다. 또한 (쥐와 토끼를 길들이는 것을 주목적으로 하는) 야생동물재교육위원회와 양들을 모아 순백모(純白毛) 운동을 결성했고, 그 외 기타 위원회와 읽기와 쓰기 교실도 만들었다. 그러나 이러한 프로젝트는 대체적으로 다 실패작이었다. 특히, 야생동물들을 길들이고자 하는 시도는 시작부터 실패였다. 야생 동물들의 행동은 변함이 없었다. 관대하게 대해주면 이를 이용할 뿐이었다. 고양이는 재교육위원회에 가입해서 처음 며칠 동안은 왕성하게 활동하였다. 어느 날은 고양이가 안전거리를 유지한 채 지붕 위에 앉아 있는 참새 몇 마리에게 말을 건네고 있는 것이 눈에 띄었다. 고양이는 참새들에게 지금은 모든 동물들이 서로 다 동지들이니 원하면 어느 참새나 자신의 앞발에 앉아서 쉬어도 된다고 말했다. 하지만 참새들은 여전히 고양이로부터 한참 떨어져 앉아 있었다.

그러나 읽기와 쓰기 교실은 대성공이었다. 가을이 될 때까지 농장의 거의 모든 동물들이 어느 정도 문맹 상태에서 벗어났다.

돼지들은 이미 이전부터 완벽하게 읽고 썼다. 개들도 공부를 통해 상당히 잘 읽을 수 있게 되었지만 칠 계명을 제외하고는 읽는 것에 흥미가 없었다. 염소 뮤리엘은 개들보다는 더 잘 읽었다. 뮤리엘은 저녁때 가끔씩 쓰레기 더미에서 신문지 조각들을 주워와 다른 동물들에게 읽어주곤 하였다. 벤자민은 돼지들 못지않게 잘 읽었지만 결코 자신의 능력을 발휘하지 않았다. 자신이 알고 있는 한 읽을 가치가 있는 것들은 없다고 말하곤 했다. 클로버는 알파벳까지는 다 깨쳤지만 이를 조합해 단어를 읽을 수는 없었다. 복서는 알파벳 디(D) 이상을 못 나갔다. 그는 큰 발굽으로 에이(A), 비(B), 씨(C), 디(D)를 땅바닥에 쓴 후 이를 뚫어지게 쳐다보았다. 귀를 뒤로 젖히기도 했다가 이따금 앞 머리칼을 흔들기도 하면서 디(D) 다음에 오는 알파벳이 무엇인지 기억하려고 애썼다. 간혹 이(E), 에프(F), 지(G), 에이치(H)까지 외우기도 했지만 그때마다 그전에 배운 알파벳 에이(A), 비(B), 씨(C), 디(D)를 몽땅 다 잊어버렸다. 결국 그는 처음 네 개의 알파벳을 외우는 것으로 만족하기로 하고 이마저도 잊어버리지 않기 위해 하루에 한두 번씩 써보곤 하였다. 몰리는 자신의 이름(Mollie)에 들어가는 다섯 글자 외에 다른 알파벳은 배우려고 하지 않았다. 몰리는 잔가지를 모아다가 예쁘게 그 다섯 글자를 만들고 꽃 한두 송이로 이를 장식한 다음 스스로 감탄해서 주위를 빙빙 돌아다니곤 했다.

그 밖의 동물은 알파벳 에이(A) 이상을 나가지 못하였다. 뿐만 아니라 양, 암탉, 오리와 같이 머리가 나쁜 동물들은 칠 계명조차 못 외운다고 알려졌다. 한참을 고민한 끝에 스노우볼은 칠 계명은 다른 게 아니라 한 가지 격언, 즉 "네 다리는 선이고, 두 다리는 악이다."로 요약될 수 있다고 선언했다. 그는 동물주의의 핵심원리가 이 한 줄 속에 다 들어가 있기 때문에 이 격언을 완전하게 이해하기만 하면 누구나 인간의 영향을 받지 않을 것이라고 말했다. 처음에 새들은 자기들의 다리가 두 개라는 이유로 이 격언에 이의를 제기했지만 스노우볼이 이 격언이 그런 뜻이 아님을 입증해 보였다.

"동무들, 새들에게 있는 날개는 추진기관이지 조작기관이 아닙니다. 따라서 날개는 다리로 간주되어야 합니다. 인간의 고유한 특성은 손에 있습니다. 인간은 손이라는 도구를 이용하여 악행을 저지르지 않습니까?"

새들은 스노우볼이 사용한 장황한 단어를 이해하지는 못했지만 설명은 수용하기로 했다. 그래서 머리가 안 좋은 동물들은 이 한 줄짜리 격언을 외우기로 했다. "네 다리는 선이고 두 다리는 악이다." 한 줄의 문장이 헛간의 끝 벽 칠 계명이 새겨져 있는 곳 바로 위에 계명보다 더 큰 글씨로 새겨졌다. 이 격언을 일단 다 외우고 나자 양들은 이 격언을 몹시 맘에 들어 했다. 양들은 종종 들판에 누워서 "네 다리는 선이고 두 다리는 악이다." "네 다리는 선이고 두 다리는 악이다"를 몇 시간이고 지치지도 않고 계속 외쳐댔다.

나폴레옹은 스노우볼이 조직한 각종 위원회에 조금도 관심이 없었다. 오히려 어린 동물들을 교육시키는 것이 이미 다 자란 동물들을 데리고 무엇인가를 해보려는 것보다 훨씬 더 중요하다고 말했다. 건초 수확이 끝나고 얼마 지나지 않아 제시와 블루벨이 모두 아홉 마리의 건강한 강아지를 낳았다. 나폴레옹은 자신이 강아지 교육을 책임지겠다며 젖을 떼자마자 어미로부터 강아지들을 데려갔다. 나폴레옹은 강아지들을 마구실 위에 있는, 사다리를 타고 올라가야만 하는 다락방에 올려놓고 다른 동물들과 철저히 격리시켜 놓았다. 이 때문에 농장의 동물들은 강아지들이 마구실 다락방에 있다는 사실조차 곧 잊어버렸다.

도대체 우유가 어디로 사라졌는가에 관한 의문은 곧 풀렸다. 우유는 매일 돼지들의 먹이에 들어가고 있었다. 과수원에서는 조생종 사과가 여물어 가고 있었다. 과수원 나무 밑 풀밭에는 바람에 떨어진 과일들이 여기저기 흩어져 있었다. 동물들은 당연히 이 사과들을 공평하게 똑같이 나눌 것으로 생각했다. 그런데 어느 날, 바람에 떨어진 사과들을 한데 모아서 돼지들이 먹게끔 마구실로 옮기라는 명령이 내려왔다. 이 명령을 듣고 몇몇 동물들이 구시렁댔지만 아무 소용이 없었다. 돼지들은 모두, 심지어 스노우볼과 나폴레옹까지도 이 점에 완전히 합의를 보았기 때문이었다. 스퀼러가 다른 동물들에게 필요한 설명을 해주도록 파견되었다.

"동무들, 혹시 우리 돼지들이 이기심과 특권 의식으로 이렇게 한다고 생각하고 계시는 것은 아니겠지요? 사실 우유와 사과를 싫어하는 돼지들이 생각보다 많습니다. 저 역시 마찬가지입니다. 우유와 사과를 저희 돼지들이 가져가는 이유는 건강 유지를 위해서입니다. 우유와 사과(동무들, 이 점은 이미 과학적으로 입증이 되었습니다.)에는 돼지 건강에 필수적인 성분이 들어있습니다. 우리 돼지들은 머리를 쓰는 일에 종사하고 있습니다. 농장 경영과 조직 전부가 우리 돼지들에게 달려있습니다. 우리는 밤낮으로 여러분들을 위해서 일을 하고 있습니다. 우리가 우유를 마시고 사과를 먹는 것은 다 여러분을 위한 것이란 말입니다. 만일 우리 돼지들이 맡은 임무를 수행하지 못한다면 무슨 일이 벌어질지 아십니까? 존즈가 농장으로 돌아올 것입니다. 맞아요. 존즈가 돌아오게 될 겁니다. 동무들, 이것은 확실합니다." 스퀼러가 꼬리를 흔들며 이쪽저쪽으로 뛰어다니며 거의 애원하다시피 외쳤다. "존즈가 농장으로 돌아오기를 바라는 분들은 안 계시겠죠?"

동물들 모두가 완벽하게 합의하고 있는 것이 하나 있다면, 그 누구도 존즈가 돌아오는 것을 원치 않는다는 것이었다. 스퀼러가 이 점을 강조하니 더 이상 할 말이 없게 되었다. 돼지의 건강이 중요하다는 것은 너무도 명백한 사실이었다. 따라서 우유와 바람에 떨어진 사과(또한 제철에 수확한 사과 대부분)를 돼지들만 먹도록 해야 한다는 주장에 더 이상 누구도 이의를 제기하지 않았다.

4

늦여름으로 접어들 즈음 영국 전역의 절반 정도로 동물농장에서 일어난 일이 퍼져 나갔다. 스노우볼과 나폴레옹은 비둘기들을 매일 근처 농장으로 파견했다. 비둘기들이 부여받은 임무는 그곳의 동물들과 어울려 동물농장에서 일어난 혁명에 관해서 알려주고 〈영국의 짐승들〉을 가르치는 것이었다.

그 무렵 존즈 씨는 윌링던에 있는 레드 라이온이라는 술집에 앉아서 이야기를 들어주는 사람이면 누구나 붙들고, 쓸데없는 동물들이 떼로 덤벼들어 자신 소유의 농장에서 부당하게 쫓겨났다고 하소연 하곤 했다. 농장주들은 물론 존즈 씨를 동정했지만 처음에는 별다른 도움을 주지 않았다. 그들은 내심 어떻게 하면 존즈 씨의 불행을 이용하여 이득을 볼 수 있을까 하고 머리를 굴리고 있었다. 동물농장과 붙어 있는 농장이 두 곳 있었는데 다행히도 그 두 농장의 주인들은 평생 원수처럼 지냈다. 그중 한 곳인 폭스우드 농장은 규모만 큰 오래된 낡은 농장이었다. 관리를 제대로 하지 않아 초지가 있어야 할 곳에 숲이 나 있을 정도였다. 따라서 목초지는 황폐해지고 울타리도 다 망가져 있었다. 농장주 필킹턴 씨는 무사태평한 한량으로 철따라 낚시와 사냥을 하면서 세월을 보냈다. 나머지 한 곳인 핀치필드 농장은 폭스우드 농장보다 규모는 작지만 관리는 훨씬 더 잘돼 있었다. 농장주 프레데릭 씨는 집요하고 약삭빠른 사람으로서 송사(訟事)가 끊일 날이 없었고 거래하기가 쉽지 않다고 알려져 있었다. 이 두 사람은 서로 몹시 싫어해서 의견일치를 보는 것이 거의 불가능했고, 심지어 두 사람의 이해가 걸린 상황에서도 합의는 불가능했다.

그럼에도 불구하고, 두 사람 모두 동물농장에서 일어난 혁명이 자신들의 농장에서도 일어날까 두려워 혁명에 관한 소식이 자신들의 농장에 전해지지 않도록 여러 조치를 취했다. 그들은 우선 동물들 스스로가 농장을 경영한다는 소식에 별 신경을 쓰지 않는 척했다. 두 주만 지나면 모든 것이 끝날 것이라고 말했다. 매너 농장(그들은 매너 농장이 "동물농장"이라고 불리는 것을 참지 못해 계속해서 매너 농장이라고 불렀다.)의 동물들이 밤낮 싸움질이나 하고 있고 먹을 것도 없어서 굶어 죽고 있다는 거짓 소문을 퍼트렸다. 시간이 지나도 굶어 죽는 동물들이 생기지 않자 프레데릭과 필킹턴은 말을 바꿔 지금 동물농장에서는 끔찍한 일이 벌어지고 있다고 소문을 냈다. 동물농장에서는 동물들이 서로를 잡아먹고, 불에 달군 말의 편자로 고문하고, 암컷들을 공동 소유하고 있다고 떠들어 댔다. 자연의 법칙을 거슬러 혁명을 일으킨 것 때문에 마땅히 받아야 할 벌을 받고 있는 것이라고 프레데릭과 필킹턴이 말했다.

하지만 이런 이야기들은 동물들 사이에서 잘 먹히지 않았다. 오히려 동물들이 인간을 쫓아내고 스스로 농장을 경영하는 멋진 곳이 있다는 소문이 막연한 형태로, 때로는 왜곡된 형태로 계속 돌았다. 그해 내내 혁명의 물결은 시골 전역으로 퍼져나갔다. 고분고분하던 황소들이 갑자기 사나워졌고, 양떼는 울타리를 부수고 넘어가 토끼풀을 뜯어먹고, 암소들은 양동이를 걷어차 엎어버리고, 사냥 말들은 뛰어 넘으라는 울타리는 뛰어 넘으려 하지 않고 등에 타고 있는 사람들을 울타리 너머로 내동댕이쳤다. 특히, 〈영국의 짐승들〉의 곡조와 가사가 엄청난 속도로 전국으로 다 퍼져나갔다. 이 노래를 들은 인간들은 겉으로는 말도 안 되는 소리라고 치부하고 속으로는 끓어오르는 분노를 억누르지 못했다. 아무리 동물들이라 해도 그따위 쓰레기만도 못한 노래를 부를 수는 없는 일이라고 인간들은 말했다. 그 노래를 부르다가 적발되는 동물들은 현장에서 매질을 당했다. 그래도 동물들은 그 노래를 계속 불렀다. 지빠귀들은 수풀 속에서, 비둘기들은 느릅나무에서 불렀다. 노랫소리는 대장간의 쇠 두드리는 소리와 교회의 종소리 속으로 섞여 들어갔다. 인간들은 노랫소리를 들을 때마다 마치 앞으로 자신들에게 닥칠 운명을 미리 듣는 것 같아 몸서리를 쳤다.

다 익은 옥수수를 수확해 쌓아 놓고 일부 타작을 시작한 시월 초순, 비둘기 한 무리가 농장 위를 선회하더니 곧 농장 마당에 내려앉았다. 비둘기들은 몹시 흥분해 있었다. 존즈와 존즈의 일꾼들이 폭스우드 농장과 핀치필드 농장에서 온 여섯 명의 사람들 함께 빗장이 다섯 개 달린 농장 정문을 통과해 농장 안으로 올라오고 있다는 소식을 다급히 전했다. 총을 든 존즈가 선두에 있었다. 나머지 사람들은 모두 몽둥이를 들고 있었다. 분명코 그들의 목적은 농장을 다시 차지하는 데 있었다.

이는 오래전부터 예상된 일이었다. 이미 만반의 준비가 되어 있었다. 존즈 씨가 살던 집에서 찾아낸, 율리우스 카이사르가 쓴 병서를 이미 읽어 본 스노우볼이 농장 수성작전을 지휘했다. 스노우볼의 명령이 떨어지자 채 일 분도 안 걸려 모든 동물들은 각자 정해진 곳에 위치했다.

인간들이 농장 건물에 가까이 오자 스노우볼은 첫 번째 공격을 개시했다. 서른다섯 마리나 되는 비둘기 떼가 인간들의 머리 앞뒤로 날면서 공중에서 인간들에게 찍찍 똥을 갈겼다. 똥 세례를 당한 인간들이 우왕좌왕하고 있을 때 수풀 뒤에서 잠복하고 있던 거위들이 한꺼번에 달려 나와 인간들의 정강이를 인정사정 볼 것 없이 쪼아댔다. 하지만 이는 단지 인간들을 당황시킬 목적으로 행해진 가벼운 전초전에 불과했다. 인간들은 들고 있던 몽둥이로 거위들을 쫓아버렸다. 스노우볼은 곧 두 번째 공격을 펼쳤다. 선두에 선 스노우볼을 따라 뮤리엘, 벤자민, 양 떼 모두가 사방에서 한꺼번에 인간들에게 돌진하여 뿔로 찌르고 이마로 들이받았다. 벤자민은 갑자기 뒤로 돌더니 자신의 작은 발굽으로 인간들을 내려쳤다. 그러나 이번에도 동물들은 역부족이었다. 몽둥이를 휘둘러 대고 굽에 징을 박은 부츠로 반격하는 인간들을 이길 수는 없었다. 갑자기 스노우볼의 고함소리가 들렸다. 후퇴하라는 신호였다. 동물들은 일제히 돌아서서 정문을 통해 농장 마당으로 도망쳤다.

인간들은 승리의 함성을 질렀다. 그들의 예상대로 동물들은 도망치고 있었다. 도망치는 동물들을 제멋대로 뒤쫓았다. 이것이 바로 스노우볼이 의도한 것이었다. 동물들이 마당에 다 모이자 외양간에서 잠복해 있던 말 세 마리, 암소 세 마리, 그리고 나머지 돼지 모두가 별안간 인간들의 뒤에서 나타나 퇴로를 차단했다. 스노우볼이 공격 명령을 내렸다. 스노우볼 자신은 존즈에게 곧장 돌진했다. 스노우볼이 공격해 오는 것을 본 존즈는 총을 쐈다. 스노우볼의 등에서 피가 흘렀다. 양 한 마리가 죽어 쓰러졌다. 그 순간을 놓칠세라 스노우볼은 존즈의 다리를 향해 무게가 십오 스톤이나 나가는 자신의 몸을 던졌다. 존즈는 저만치 날아가 똥 더미에 처박히면서 들고 있던 총을 놓쳤다. 그러나 가장 무시무시한 광경은 마치 종마처럼 뒷발로 선 복서가 쇠 징이 박힌 거대한 앞발을 휘두르는 장면이었다. 복서의 첫 번째 발길질에 희생된 사람은 폭스우드 농장에서 온 마부였다. 복서의 앞발에 머리를 강타당한 마부는 그 자리에서 실신하여 진흙 바닥에 쭉 뻗어 버렸다. 이 광경을 본 몇은 몽둥이를 버리고 도망치려 했다. 그들은 공포에 사로잡혔다. 다음 순간 동물들은 일제히 마당을 돌며 인간들을 좇아다녔다. 동물들은 인간들을 들이받고, 차고, 물고, 짓뭉겠다. 농장의 동물들 모두는 제각각 자기의 방식으로 인간들에게 복수를 했다. 심지어 지붕 위에 있던 고양이까지 소치는 일꾼에게 갑자기 뛰어내려 자신의 발톱을 목에 박아 넣었다. 소치는 일꾼은 비명을 질렀다. 그 순간 퇴로가 열렸고 인간들은 얼씨구나 하고 농장 마당 밖으로 빠져나가 번개처럼 한길로 도망쳤다. 그리하여 인간들은 공격을 시작한 지 채 오 분도 못 되어 왔던 길을 따라 치욕적인 후

퇴를 하고 말았다. 거위 떼가 소리를 지르며 인간들을 좇아가 정강이를 쪼아댔다.

한 사람을 제외하고 인간들 모두가 도망쳤다. 복서가 의식을 잃고 농장 마당에 엎어져 있는 마부를 앞발로 뒤집어 보려고 애썼다. 마부는 꼼짝도 하지 않았다.

"죽었군." 복서가 슬픈 목소리로 말했다. "죽일 생각은 없었는데. 발에 쇠징이 박혀있다는 것을 깜빡했어. 죽일 의도가 없었다는 것을 누가 믿어줄까?"

"감상은 금물입니다, 동무!" 스노우볼이 외쳤다. 등에서는 여전히 피가 나고 있었다. "전쟁은 전쟁입니다. 오로지 죽은 인간만이 선한 인간입니다."

"비록 인간이라 할지라도 누군가를 죽이고 싶은 마음은 없었어." 눈물을 글썽거리면서 복서가 말했다.

"몰리는 어디에 있지?" 누군가가 물었다.

정말 몰리가 보이지 않았다. 잠시 긴장이 흘렀다. 동물들은 전투 중에 몰리가 부상을 입었을 수도 있고, 인간들이 도망칠 때 끌고 갔을지도 모른다고 걱정했다. 하지만 한참 후 동물들은 마구간에서 여물통 건초더미에 머리를 파묻고 숨어 있던 몰리를 찾아냈다. 몰리는 총소리가 나자 재빨리 도망쳤던 것이다. 몰리를 찾아 나섰던 동물들이 돌아와 보니 죽은 줄 알았던 마부가 사라져 버렸다. 사실 마부는 죽은 게 아니라 기절을 했던 것뿐이었고 정신이 들자 잽싸게 달아난 것이었다.

인간들을 상대로 벌인 전투에서 승리한 동물들의 흥분은 극에 달했다. 재집결한 동물들은 모두 목청을 높여 자신들의 무용담을 풀어놓았다. 즉석에서 승리 축하의식이 열렸다. 동물농장 기를 게양하고 〈영국의 짐승들〉을 수차례 부른 후 전사한 양에게 장엄한 장례식을 치러주었다. 무덤에 산사나무 한 그루를 심어 주었다. 무덤 앞에서 스노우볼이 짤막한 연설을 했는데, 그 내용은 모든 동물들은 동물농장을 위해 필요하다면 목숨도 바칠 각오가 되어 있어야 한다는 것이었다.

동물들은 무공훈장을 제정하는 것에 만장일치로 동의했다. 그 자리에서 "동물영웅, 일등 훈장"이 스노우볼과 복서에게 수여되었다. 이 훈장은 황동으로 된 메달(마구실에서 찾아낸 진짜 황동으로 만든 오래된 말 장식)이었고 일요일과 휴일에 착용하도록 했다. "동물영웅, 이등 훈장"은 전사한 양에게 추서되었다.

이 전투의 이름을 무엇으로 할지에 관해서 많은 논의가 있었다. 매복 작전이 시작된 곳이 외양간이었기 때문에 외양간 전투로 최종 결정되었다. 동물들은 진흙 구덩이에서 존즈 씨의 총을 찾아냈다. 그가 살던 집에는 아직도 상당한 양의 탄약이 남아 있다는 것이 확인됐다. 동물들은 그 총을 기 게양대 밑에 대포처럼 세워 놓았다가 일 년에 두 차례씩, 외양간 전투가 일어났던 시월 십이 일에 한 번, 혁명이 일어났던 하지에 한 번, 발포하기로 결정했다.

5

겨울이 다가오면서 몰리는 점점 더 골칫거리가 되어가고 있었다. 아침마다 지각을 했고 늦잠을 자서 그랬다느니, 먹기는 잘 하는데 딱 집어 어디라고 말은 못해도 몸이 아파서 그랬다는 하는 핑계를 댔다. 일을 하다가도 온갖 핑계를 대고 일터에서 빠져나가 식수용 연못으로 가서 물에 비친 자신의 모습을 멍하니 쳐다보곤 했다. 그러나 그때 더 심각한 소문이 돌고 있었다. 어느 날 기분이 좋은 몰리가 긴 꼬리를 살랑살랑 흔들면서 건초 줄기 하나를 입에 넣고 우물우물 씹으며 농장 마당을 어슬렁거리고 있었을 때 클로버가 그녀를 한쪽 구석으로 데리고 갔다.

"몰리, 너에게 진지하게 해 줄 말이 하나 있어." 클로버가 말했다. "오늘 아침에 네가 동물농장과 폭스우드 사이의 경계에 있는 울타리 너머를 물끄러미 쳐다보고 있는 것을 봤어. 건너편에 필킹턴 씨 농장의 일꾼 한 명이 서 있었지. 멀리서 봤기 때문에 잘못 봤을 수도 있겠지만 분명히 그 일꾼이 너에게 말을 걸면서 네 코를 쓰다듬고 있었는데도 넌 가만히 있더라. 그게 무슨 짓이니, 몰리?"

"아니, 그 사람 안 그랬어. 그건 사실이 아니야!" 몰리는 화가 난 듯

경중 뛰면서 앞발로 땅을 찼다.

"몰리, 내 얼굴을 똑바로 봐. 그가 네 코를 쓰다듬지 않았다고 네 명예를 걸고 말할 수 있어?"

"그건 사실이 아냐." 몰리는 같은 말을 되풀이했다. 그러나 클로버의 얼굴을 똑바로 보지는 못했다. 다음 순간 몰리는 횡하니 들판으로 달려갔다.

갑자기 클로버에게 좋은 방안이 생각났다. 클로버는 다른 동물들에게는 아무 말도 하지 않고 몰리의 마구간으로 가서 짚단 속을 들춰 보았다. 짚단 속에서 작은 각설탕 덩어리와 색색의 리본다발 여러 개를 찾아냈다.

사흘 후 몰리가 사라졌다. 몇 주일간 몰리의 행방은 오리무중이었다. 비둘기들이 윌링돈 한구석에서 몰리를 목격했다고 보고하였다. 몰리는 어느 술집 밖에 세워둔 빨간색과 검정색으로 칠한 이륜마차의 두 굴대 사이에 있었다. 체크무늬 반바지를 입고 각반을 한 뚱뚱하고 얼굴이 불그스레한, 술집 주인인 듯싶은 남자가 몰리의 코를 쓰다듬으면서 설탕을 먹이고 있었다. 털은 새로 깎은 것 같았고 앞발에는 주홍색 리본을 달고 있었다. 기분이 아주 좋은 것 같아 보였다고 비둘기들이 전했다. 동물들은 아무도 다시는 몰리에 관해서 얘기하지 않았다.

일월이 되자 추위가 기승을 부렸다. 땅은 얼어 쇠처럼 단단했고 밭일을 하는 것은 불가능했다. 대헛간에서 총회가 빈번히 열렸다. 돼지들은 다음 해에 할 일을 계획하느라 바빴다. 농장의 정책과 관련된 결의사항은, 비록 최종적으로는 총회에서 과반수의 찬성표를 얻어야 하긴 했지만, 일단은 다른 동물들보다 분명히 머리가 좋은 돼지들의 결정에 따르기로 합의가 되어있었다. 스노우볼과 나폴레옹이 사이가 좋았다면 이런 합의는 잘 지켜졌을 것이다. 스노우볼과 나폴레옹은 안건마다 늘 충돌했다. 스노우볼이 보리를 많이 심자고 제안하면 나폴레옹은 귀리를 더 많이 심자고 주장했고, 나폴레옹이 양배추를 밭에 심는 것이 좋다고 주장하면 스노우볼은 그 밭에는 오직 뿌리채소만 심어야 한다고 주장했다. 두 돼지에게는 지지 세력이 각각 따로 있었다. 총회 때 스노우볼은 뛰어난 연설로 자주 다수의 지지를 얻었고 나폴레옹은 회의 막간에 표를 자기 쪽으로 끌어오는 데 능란했다. 나폴레옹은 특히 양들을 자기편으로 잘 만들었다. 양들은 최근에 "네 다리는 선이고, 두 다리는 악이다."를 시도 때도 없이 불러댔다. 총회 도중에도 "네 다리는 선이고, 두 다리는 악이다"를 아무 때나 외쳐 대서 총회가 중단되는 일이 여러 번 있었다. 스노우볼의 연설이 절정에 다다르는 순간 양들은 "네 다리는 선이고, 두 다리는 악이다."를 습관적으로 외쳐 대 연설을 방해했다. 스노우볼은 농가에서 찾아낸 농부와 목축업자 잡지의 과월호를 면밀히 탐독한 후에 여러 가지 개혁안과 개선안을 생각해 냈다. 농지 배수시설, 곡물 저장법, 비료로 사용할 수 있는 염기성 슬래그 등에 관해서 마치 농축산업 전문가처럼 설명했다. 동물의 배설물을 마차로 실어 나르는 수고를 덜기 위하여 동물들이 똥을 밭에다 직접 누게 하되, 매일 밭을 바꿔가면서 싸게 하자는 복잡한 계획도 세웠다. 나폴레옹은 스스로 의견을 내놓지는 못했지만, 스노우볼의 계획은 아무 쓸모가 없게 될 것이라고 조용히 말했다. 때를 기다리는 것 같았다. 그러나 풍차를 둘러싸고 일어난 의견충돌만큼 심각한 의견충돌은 없었다.

농장건물에서 그리 멀지 않은 기다란 목초지 안에는 작은 둔덕이 하나 있는데 여기가 농장에서 가장 높은 곳이었다. 지형조사를 마친 후, 스노우볼은 발전기를 돌려 농장에 전기를 공급해 줄 풍차를 건설하기에는 이곳이 가장 적당한 장소라고 선언했다. 풍차가 완성되면 농장에 불이 들어오고 겨울에는 난방을 할 수 있을 뿐만 아니라 원형톱, 여물 절단기, 사탕무 절단기, 전기 착유기 등도 사용할 수 있게 될 것이라고 말했다. 동물들로서는 생전 처음 듣는 이야기였기 때문에(농장이 원체 구식인데다 그동안은 기계라고 해봐야 가장 원시적인 형태의 것들만 사용해 왔다.) 넋을 잃고 스노우볼의 이야기에 귀를 기울였다. 스노우볼은 동물들이 편안히 풀이나 뜯고 독서와 대화로 정신을 계발할 동안 그들을 대신해서 일 해줄 환상적인 기계에 관한 이야기를 계속했다. 동물들은 그저 놀라고만 있었다.

몇 주 지나지 않아 풍차 설계도면이 완성되었다. 스노우볼은 풍차에 들어가는 기계에 관한 세부지식을 존즈 씨가 가지고 있던 《집에 관한 천 가지의 유용한 지식》, 《누구나 벽돌공》, 《초보자를 위한 전기》 등의 책에서 얻었다. 스노우볼은 예전에 존즈 씨가 부화실로 사용하던 광을 자신의 공부방으로 사용했다. 그 광의 바닥에는 매끈한 나무가 깔려 있어서 무엇인가를 그리기가 좋았다. 그는 한번 광에 들어가면 몇 시간이고 그 안에서 나오지를 않았다. 책을 펼쳐 돌로 눌러놓고는 두 앞발로 분필을 쥐고 날렵하게 이리저리 오가며 선을 연달아 그었고 가끔은 흥분에 싸여 작게 킁킁거리는 소리를 냈다. 설계도면은 크랭크나 톱니바퀴 같은 복잡한 그림들로 조금씩 채워지기 시작했다. 바닥의 반 이상이 도면으로 채워져 갔다. 동물들은 그림을 전혀 이해하지 못했지만 그림이 인상적이라는 생각을 했다. 동물들은 최소 하루에 한 번씩 그림을 구경하러 왔다. 심지어 암탉들과 오리들도 구경을 왔는데 분필로 그린 그림을 밟지 않으려고 무진 애를 썼다. 오직 나폴레옹만 그림에 관심이 없었다. 처음부터 그는 풍차건설안에 반대한다는 뜻을 분명히 밝혔었다. 그런데 어느 날 나폴레옹이 도면을 보러 느닷없이 나타났다. 나폴레옹은 무게를 잡고 천천히 걸어 다니면서 도면을 세세히 들여다보았다. 한두 번 코를 킁킁거렸다. 곁눈으로 한참 동안 도면을 보던 나폴레옹은 갑자기 한쪽 다리를 들고 도면 위에 오줌을 갈기고는 한마디 말도 없이 나가버렸다.

농장 전체가 풍차건설안을 둘러싸고 심각하게 분열되었다. 스노우볼은 풍차를 세우는 작업이 무척 힘든 일이라는 것을 구태여 부인하려 하지 않았다. 벽을 세우기 위해서는 돌을 캐서 날라야 하고, 벽을 세운 후에는 풍차날개를 만들어야 하고, 발전기며 전선도 있어야 했다(이것들을 어떻게 조달할지에 관해서 스노우볼은 아무 말도 하지 않았다.). 그러나 스노우볼은 풍차건설이 일 년이면 가능하다고 주장했다. 또한, 풍차가 완공되면 노동력이 획기적으로 절감되기 때문에 동물들은 일주일에 사흘만 일을 해도 된다고 말했다. 반면에, 나폴레옹은 현재 동물들에게 가장 시급한 일은 식량증산이기 때문에 풍차에 시간을 허비했다간 딱 굶어 죽기 십상이라고 주장했다. 동물들은 두 편으로 나뉘었다. "스노우볼에 투표해서 주 사흘만 일하기"와 "나폴레옹에 투표해서 배부르게 먹기" 두 편으로 갈라졌다. 벤자민만이 유일하게 중립을 지켰다. 그는 식량이 더 늘어날 거라는 주장도, 풍차가 노동을 줄여줄 것이라는 주장도 믿지 않았다. 풍차가 있든 없든 삶은 항상 그래왔던 것처럼 계속 나빠질 것이라고 말했다.

풍차 분쟁 외에도 농장을 어떻게 방어할 것인가에 관해서도 이견이 있었다. 비록 외양간 전투에서는 인간들이 졌지만 존즈 씨에게 농장을 되찾아 주기 위해 지난번보다 더 강하게 다시 공격해 오리라는 것을 동물들은 이미 예상하고 있었다. 농장 방어에 대해 신경을 더 많이 쓰게 된 이유는 인간들이 동물들에게 패배했다는 소식이 이미 시골 전역으로 퍼져 나갔고 그 바람에 근처 동물들이 예전과 달리 몹시 반항적으로 변했기 때문이었다. 평소대로 스노우볼과 나폴레옹의 생각은 서로 달랐다. 나폴레옹의 생각은 우선 무기를 확보해 이를 동물들 스스로 다룰 수 있도록 훈련을 해야 한다는 것이었다. 이에 반해, 스노우볼의 생각은 주변 농장의 동물들에게 비둘기들을 더 많이 보내서 혁명을 선동해야 한다는 것이었다. 다시 말해, 만약 인간들의 공격을 막아내지 못한다면 인간들에게 다시 정복될 수밖에 없을 것이라는 것이 나폴레옹의 주장인데 반해, 전국 각지에서 혁명이 일어나게 되면 구태여 동물농장을 방어할 필요 자체가 없다는 것이 스노우볼의 주장이었다. 동물들은 나폴레옹의 주장과 스노우볼의 주장을 차례로 들어 보았지만 어느 쪽이 옳은지를 결정할 수 없었다. 스노우볼의 주장을 들으면 스노우볼이 옳은 것 같았고, 나폴레옹의 주장을 들으면 나폴레옹이 옳은 것 같았다.

마침내 설계도가 완성되었다. 돌아오는 월요일에 열리는 전체회의에서 풍차 건설안을 표결에 부치기로 하였다. 동물들이 대헛간에 집합하자 스노우볼이 자리에서 일어나 풍차를 건설해야 하는 이유를 설파하였다. 스노우볼의 연설은, "네 다리는 선이고, 두 다리는 악이다."라는 양들의 매에 소리 때문에 가끔씩 중단되었다. 스노우볼의 연설이 끝나자 나폴레옹이 반론을 펴기 위해 자리에서 일어났다. 나폴레옹은 나지막한 목소리로 풍차를 세운다는 계획은 말도 안 되는 헛소리이므로 누구도 찬성표를 던져서는 안 된다는 말만 한 채 곧바로 자리에 앉았다. 말하는데 걸린 시간은 삼십 초도 채 되지 않았다. 자신의 뜻이 동물들에게 제대로 전달되었는지 관해서는 신경 쓰지 않는 것 같았다. 스노우볼이 불쑥 일어났다. 양들은 또 다시 "네 다리는 선이고, 두 다리는 악이다."라는 매에 소리를 내기 시작했다. 양들에게 조용히 하라고 호통을 친 후 스노우볼은 풍차 건설안에 찬성표를 던져달라고 매우 열정적으로 호소했다. 조금 전까지는 동물들의 의견이 반반으로 갈렸었지만 스노우볼의 연설이 시작되자 순식간에 전세는 스노우볼 쪽으로 기울었다. 스노우볼은 화려한 언변으로 고된 노역이 사라진 동물농장의 미래의 모습을 묘사했다. 스노우볼의 상상력은 이미 작두, 무썰개의 수준을 넘어섰다. 전기가 들어오면 탈곡, 쟁기질, 써레질, 땅고르기, 베기, 묶기 등을 기계로 할 수 있을 뿐만 아니라 각 우리에서 전깃불은 물론, 온수, 냉수, 전기난방기도 사용할 수 있다고 힘주어 말했다. 스노우볼의 연설이 끝나갈 때쯤 동물들이 어느 쪽에 표를 던질지가 분명해졌다. 바로 이때 나폴레옹이 다시 일어났다. 옆 눈으로 스노우볼을 째려본 뒤 일찍이 아무도 들어본 적이 없는 높고 날카로운 음성으로 소리를 질렀다.

바로 이때 바깥에서 개들이 짖는 무시무시한 소리가 나더니 황동 징이 박힌 목걸이를 한 엄청나게 큰 개 아홉 마리가 회의장 안으로 달려들어 왔다. 개들은 곧장 스노우볼에게 돌진했다. 스노우볼은 잽싸게 자리에서 일어나 개들의 공격을 간신히 피해 문 밖으로 도망쳤다. 개들이 스노우볼의 뒤를 쫓았다. 갑자기 벌어진 사태에 놀란 동물들은 겁에 질려 아무 말도 못하고 헛간 문으로 몰려가 개들이 스노우볼을 추격하는 장면을 보고 있기만 할 뿐이었다. 스노우볼은 한길로 나가는 기다란 목초지를 죽을힘을 다해 빠른 속도로 내달렸지만 돼지가 아무리 빨리 달린다 해도 개를 이길 수는 없었다. 개들은 이미 스노우볼을 거의 따라 잡았다. 갑자기 스노우볼이 미끄러졌다. 개들에게 잡히는 것은 시간문제인 것 같았다. 하지만 스노우볼은 다시 일어나 달리기 시작했다. 아까보다 더 빠른 속도로 달렸다. 하지만 개들은 더 빨랐다. 개 한 마리가 스노우볼의 꼬리를 물려고 했을 때 스노우볼은 재빨리 꼬리를 옆으로 살짝 빼 개의 이빨을 피했다. 스노우볼은 다시 한 번 힘을 내어 개들과 불과 몇 인치 거리를 두고 울타리에 난 조그만 구멍 속으로 빠져나갔다. 이후 스노우볼을 다시 본 동물은 아무도 없었다.

겁에 질려 할 말을 잃은 동물들은 다시 헛간 안으로 기어 들어왔다. 추격에 나섰던 개들도 달려 들어왔다. 처음에, 동물들은 그 개들이 도대체 어디에서 왔는지 알 수 없었으나 의문은 곧 풀렸다. 그 개들은 이전에 암캐 제시와 블루벨이 새끼 아홉 마리를 낳았을 때 나폴레옹이 어미들로부터 떼어와 마구간 다락방에서 몰래 키워 온 새끼 강아지들이었다. 완전히 다 자란 것은 아니었지만 개들의 덩치는 컸고 늑대처럼 사나워 보였다. 개들은 나폴레옹 곁에 꼭 붙어서 예전에 농장의 개들이 주인 존즈 씨에게 하던 대로 꼬리를 살랑살랑 흔들고 있었다.

나폴레옹은 개들을 거느리고 예전에 메이저가 연설을 하곤 했던 연단위로 올라섰다. 나폴레옹은 이제부터 일요일마다 했던 총회를 폐지한다고 선언했다. 불필요할 뿐만 아니라 하고 시간낭비였다는 것이 폐지의 이유였다. 나폴레옹의 연설내용은 다음과 같았다. 앞으로는 농장운영과 관련된 모든 문제는 나폴레옹이 주재하는 돼지 특별위원회에서 결정할 것이다. 특별위원회는 비공개로 열리고 결정사항은 나중에 동물들에게 통보될 것이다. 하지만 일요일 아침마다 해 온기 게양식과 〈영국의 짐승들〉 제창의식은 변함없이 계속될 것이므로 동물들은 반드시 참석해야 하고 여기서 그 주에 할 일을 통보받을 것이다. 토론은 더 이상 없다.

동물들은 스노우볼이 축출되는 모습을 보고 받은 충격으로 당장 정신이 없었지만 나폴레옹의 선언을 듣고는 몹시 낙담했다. 적절한 논리를 생각해 낼 수만 있었다면 틀림없이 이의를 제기했을 것이다. 심지어 말 잘 듣는 복서도 심기가 불편했다. 그는 귀를 뒤로 젖힌

채 앞발을 여러 번 흔들면서 생각을 정리하려고 애썼지만 소용없었다. 할 수 있는 말이 아무것도 없었다. 하지만 똑똑한 돼지들은 나폴레옹의 선언에 할 말이 많았다. 앞줄에 앉아 있던 네 마리의 식용 돼지들은 날카로운 소리로 반대를 표현했다. 그러자 나폴레옹을 호위하고 있던 개들이 위협하듯 으르렁댔다. 돼지들은 조용해졌고 도로 자리에 앉았다. 이때 양들이 "네 다리는 선, 두 다리는 악"을 우렁차게 외쳤다. 양들의 외침은 거의 십오 분 동안 이어졌고 이로 인해 토론 기회 자체가 아예 사라지고 말았다.

후에, 스퀼러가 농장 곳곳을 돌아다니며 새로운 제도를 동물들에게 설명해 주었다.

스퀼러가 말했다. "동무들, 저는 여러분들이 나폴레옹 동무의 희생정신을 고맙게 생각하고 있으리라 확신합니다. 동무들, 지도자가 된다는 것은 결코 즐거운 일이 아닙니다. 아니 오히려 정 반대입니다. 지도자의 자리는 막중한 책임을 지는 자리입니다. 나폴레옹 동무만큼 모든 동물이 평등하다고 굳건히 믿는 동물은 없습니다. 그는 여러분이 모든 일을 스스로 결정할 수 있다면 더 없이 기뻐할 것입니다. 그런데 여러분, 우린 때로 잘못된 결정을 내리기도 합니다. 그렇게 되면 우린 어떻게 될까요? 여러분이 스노우볼이 내놓은 황당한 풍차 건설안에 찬성했다고 가정해봅시다. 그런데 스노우볼이 누구던가요? 잘 아시다시피 범죄자 아닌가요?"

"스노우볼은 외양간 전투 때 용감하게 싸웠어요." 누군가가 말했다.

"용감하다는 것만으로는 충분하지 않습니다." 스퀼러가 말했다. "충성과 복종이 더 중요합니다. 외양간 전투 얘기가 나와서 하는 말인데, 저는 그 전투에서 스노우볼의 역할이 엄청나게 과장되었음이 밝혀질 날이 언젠가는 올 것이라고 믿습니다. 동무들, 우리에겐 규율이 필요합니다. 강철 같은 규율 말입니다! 이것이 지금 우리에게 필요한 슬로건입니다. 발을 한 번 잘못 내딛으면 적들이 다시 쳐들어 올 것입니다. 동무들, 존즈가 다시 오는 것을 원치 않는다는 것은 분명하지 않습니까?"

또다시 이런 말에 반박을 할 수는 없었다. 동물들이 존즈의 복귀를 원치 않는다는 것은 누구도 부정할 수 없는 사실이었다. 만약 일요일 아침마다 총회를 여는 것이 존즈를 돌아오게 하는 일이라면 이는 중단되어 마땅했다. 이제는 어느 정도 생각이 정리된 복서는 이 문제에 관한 자신의 대략적인 생각을 다음과 같이 피력했다. "나폴레옹 동무가 옳다고 하면 옳은 거야." 이때부터 복서는 "내가 더 열심히 일한다."라는 개인적인 구호에 "나폴레옹은 항상 옳다."라는 구호를 하나 더 추가했다.

이즈음 날씨가 풀리고 농사철이 다가왔다. 스노우볼의 작업실로 쓰던 광이 폐쇄되었기 때문에 동물들은 바닥에 그린 설계도도 다 지워졌을 것이라고 생각했다. 동물들은 그 주에 해야 할 작업을 지시받기 위하여 매주 일요일 오전 열 시에 대헛간으로 모였다. 동물들은 땅에 묻힌 지 오래되어 살점이 다 떨어져 나간 메이저의 두개골을 꺼내, 게양대 밑에 세워져 있는 총 옆에 놓았다. 기 게양식이 끝나면 헛간으로 들어가기 전에 한 줄로 서서 메이저의 두개골을 참배하라는 지시가 내려왔다. 헛간에서는 예전처럼 함께 모여 앉지 않았다. 나폴레옹, 스퀼러, 그리고 노래와 시를 짓는 데 뛰어난 재능을 가진 돼지 미니무스와 함께 연단 앞쪽에 앉았다. 아홉 마리의 젊은 개들이 이들을 반원형으로 에워쌌고 다른 돼지들은 이들 뒤에 앉았다. 나머지 동물들은 헛간 가운데쯤에 연단의 돼지들을 마주 보고 앉았다. 나폴레옹이 퉁명스러운 군인 같은 목소리로 그 주의 명령을 발표하고 나면 동물들은 〈영국의 짐승들〉을 한 번 부른 후 해산하였다.

스노우볼이 축출되고 난 후 세 번째로 맞는 일요일, 동물들은 풍차를 건설하겠다는 나폴레옹의 발표를 듣고 모두 어리둥절했다. 생각을 바꾼 이유에 대해서는 아무런 해명이 없었고 다만, 가외로 하는 이 일은 매우 힘든 작업이고 어쩌면 먹이 배급량을 줄여야 할 상황이 생길 수도 있다는 경고만 했다. 풍차 건설에 필요한 모든 준비가 이미 다 되어있었다. 돼지들로 구성된 특별위원회가 삼 주 전부터 작업해왔다. 풍차 건설은 다른 여러 가지 부수시설의 공사를 포함해서 이 년이 걸릴 것이라고 했다.

그날 저녁 스퀼러는 동물들과 사적으로 어울린 자리에서, 나폴레옹이 실제로 풍차 건설에 반대하지는 않았다고 말했다. 오히려, 처음부터 나폴레옹은 풍차 건설안에 동의했었고 풍차 설계도를 이미 완성해 놓고 있었는데 스노우볼이 이를 훔쳐가 작업실의 바닥에 그려 놓은 것이라고 설명했다. 실제로 풍차 건설은 나폴레옹의 독창적인 생각이었다는 것이다. 그런데 왜 그렇게 강하게 반대를 했었느냐고 누군가가 물었다. 스퀼러는 음흉한 표정을 띠며 그것이 나폴레옹의 전략이었다고 대답했다. 다른 동물들에게 나쁜 영향을 주는 위험한 스노우볼을 제거하기 위해 일부러 풍차 건설에 반대하는 척 했다는 것이다. 스퀼러는 스노우볼이 축출된 이상 풍차 건설은 스노우볼의 간섭 없이 추진될 것이라고 말했다. 스퀼러에 의하면 이것이 이른바 전략이라는 것이었다. 스퀼러는 꼬리를 흔들어 대며 주위를 경중경중 뛰어다니다가 기분 좋게 웃으며 "동무들, 이런 것이 전략, 전략이라는 것입니다."라는 말을 반복했다. 동물들은 전략이라는 말이 무슨 뜻인지 알지 못했지만 스퀼러가 워낙 설득력 있게 말을 하는데다가, 옆에 있던 세 마리의 개가 위협하듯 으르렁거려서 질문을 더 이상 하지 않고 스퀼러의 설명을 그대로 받아들였다.

6

그해 내내 동물들은 노예처럼 일했지만 행복했다. 자신들이 하고 있는 일이 게으른 도둑놈 인간들을 위한 것이 아니라 자신들과 후손들을 위한 것이라는 점을 잘 알고 있기에 노력과 희생을 조금도 마다하지 않았다.

봄과 여름에는 일주일에 예순 시간씩 일했고 팔월이 되자 나폴레옹은 일요일 오후에도 일을 할 것이라고 발표하였다. 일요일 오후 작업에 참여하는 것은 전적으로 개인의 결정에 달렸지만 불참한 동물들에게는 먹이 배급이 반으로 줄 것이라고 했다. 그렇게 일을 많이 했는데도 손도 못 댄 일도 많았다. 수확량은 전년도보다 조금 적었다. 초여름에 밭 두 곳에 근채(根菜)를 심었어야 했는데 밭갈이를 제때 하지 못해서 아무것도 심지 못했다. 겨울나기가 고생스러우리라는 것은 불 보듯 뻔했다.

풍차 건설 과정 중에 뜻밖의 힘든 일들이 생겼다. 농장에는 질 좋은 석회 채석장이 하나 있었고 창고에는 상당량의 모래와 시멘트가 있었기 때문에 공사에 필요한 자재는 다 준비된 상황이었다. 그러나 문제는 채석장에서 채굴한 석회석을 공사에 적당한 크기로 부술 수 없다는 것이었다. 곡괭이와 쇠지레를 사용해야 했지만 동물들은 뒷다리로만 서 있을 수 없기 때문에 이런 연장을 사용할 수 없었다. 몇 주 동안 고민한 끝에 누군가가 중력을 이용하자는 그럴듯한 의견을 냈다. 채석장 바닥에는 너무 커서 그 자체로는 건축자재로 쓸 수 없는 돌들이 쌓여 있었다. 동물들은 돌을 밧줄로 감아 죽을힘을 다해 채석장 꼭대기까지 끌고 올라갔다. 암소, 말, 양 할 것 없이 밧줄을 잡을 수 있는 동물들은 모두 동원되었다. 많은 힘을 한꺼번에 써야할 순간에는 돼지들도 가세했다. 동물들은 꼭대기로 끌어 올린 돌덩이를 밑으로 떨어뜨렸다. 돌덩이는 밑으로 굴러 떨어지면서 여러 조각으로 쪼개졌다. 조각난 돌을 운반하는 것은 비교적 간단했다. 말들이 수레에 돌을 실어서 날랐고, 양들은 돌을 한 개씩 끌고 갔다. 심지어 뮤리엘과 벤자민도 제 몫을 하기 위해 낡은 이륜마차를 끌었다. 늦여름이 되자 이렇게 날라 온 돌들이 충분히 모였고 돼지들의 감독 아래 공사가 시작되었다.

일은 더뎠고 고됐다. 돌덩이 하나를 꼭대기로 끌어올리는 데 꼬박 하루가 걸릴 때도 있었다. 때로는 밑으로 떨어뜨린 돌덩이가 깨지지 않을 때도 있었다. 복서가 없었다면 아무 일도 못 했을 것이다. 복서의 엄청난 힘은 다른 동물들 모두를 합쳤을 때의 힘과 맞먹었다. 끌어올리던 돌덩이가 순간 미끄러져서 밑으로 굴러 떨어지면 밧줄을 끌던 동물들은 같이 끌려 내려가면서 비명을 지르곤 했는데 그럴 때마다 밧줄을 놓지 않고 온 몸으로 버텨내 돌덩이를 멈추게 하는 일은 늘 복서의 몫이었다. 미끄러지지 않게 발굽을 땅에 단단히 박고는 거친 숨을 몰아쉬며, 옆구리가 온통 땀으로 뒤범벅이 되어 한 발한 발 돌덩이를 끌어 올리는 모습을 보고 동물들은 감탄했다. 이따금 클로버가 너무 무리하지 말라고 그에게 조언했지만 복서는 그녀의 말에 전혀 귀를 기울이지 않았다. 복서의 구호인 "내가 더 열심히 일한다."와 "나폴레옹은 항상 옳다."가 그에게는 모든 문제에 대한 해결책인 것 같았다. 복서는 지금까지 아침에 삼십 분 일찍 깨우던 것을 사십오 분 일찍 깨워 달라고 수평아리에게 부탁했다. 일이 많은 최근에는 쉴 틈이 거의 없었지만, 혹 아주 잠깐이라도 짬이 생기면 복서는 채석장으로 가서 조각난 돌을 한 수레 싣고 혼자 풍차 건설현장으로 끌고 갔다.

그해 여름, 일은 고됐지만 동물들의 형편은 썩 나쁘지 않았다. 존즈가 주인이었던 때보다 먹이 배급량이 더 많지는 않았지만 최소한 그때보다 더 적지도 않았다. 탐욕스러운 인간 다섯 명을 먹여 살려야 할 필요 없이 동물들만 먹는 데서 생기는 이점이 무척 커서 웬만한 실패를 보상하고도 남았다. 여러 면에서 동물들의 작업 방식이 인간들의 작업 방식보다 더 능률적이었고 노동의 수고도 더 많이 줄여주었다. 가령, 잡초 뽑기 같은 일은 인간들로서는 불가능할 정도로 매우 철저하게 이루어졌다. 게다가, 동물들이 더 이상 도둑질을 하지 않았기 때문에 밭과 초지 사이를 담으로 막을 필요가 없었고, 덕분에 울타리와 문을 유지하고 관리하는 데 드는 수고를 덜 수 있었다. 그럼에도 불구하고 여름이 지날 때쯤 예상치 못하게 많은 것들이 부족해졌다. 파라핀 기름, 못, 끈, 개먹이 비스킷과 말편자를 만드는데 필요한 쇠가 부족했는데 이것들은 농장에서 생산되는 것들이 아니었다. 얼마 후에는 여러 종류의 연장은 물론이고 종자 씨앗과 인조 비료도 모자랄 것이고, 마침내는 풍차 공사에 필요한 기계들도 부족하게 될 것이었다. 이런 것들을 어떻게 확보할지 아무도 몰랐다.

일요일 아침, 동물들이 임무를 부여받기 위해 모였을 때 나폴레옹이 새 정책을 발표했다. 돈을 벌기 위해서가 아니라 긴급하게 필요한 물품들을 확보하기 위해 동물농장이 근처 농장들과 거래를 시작하기로 했다는 내용이었다. 풍차 공사에 필요한 물품 확보가 최우선이기 때문에 우선 건초 더미 하나와 그해에 수확한 밀 약간을 팔기로 했고, 나중에 돈이 더 필요하게 되면 윌링던에 있는 시장에 달걀을 팔 계획이라고 했다. 나폴레옹은 암탉들이 이런 희생을 감수하는 것이 풍차 건설에 기여하는 것으로 여겨야 한다고 말했다.

또다시 동물들은 막연한 불안감에 사로잡혔다. 인간들과는 절대로 거래하지 않는다, 절대로 장사를 하지 않는다, 절대로 돈을 사용하지 않는다― 이것이 존즈를 축출한 후 승리에 도취한 상태에서 열렸던 첫 번째 총회의 결의사항이 아니었던가? 동물들은 모두 이런 결의사항을 기억하고 있었고, 적어도 기억하고 있다고 생각했다. 나폴레옹이 총회를 폐지했을 때 이의를 제기했던 네 마리의 젊은 돼지들이 소심하게나마 이의를 제기했지만 개들이 무시무시한 소리로 으르렁대자 이내 입을 다물었다. 양들이 평소처럼 "네 다리는 선이고, 두 다리는 악이다!"를 외치자 잠시 어색했던 분위기가 수습되었다. 마침내 나폴레옹이 조용히 하라는 의미로 앞발을 든 후 이미 모든 준비를 끝냈다고 말했다. 또한 동물과 인간의 직접적인 접촉은 필요하지 않고 또 해서도 안 될 일이므로 모든 일은 나폴레옹 자신의 책임 하에 진행될 것이라고 했다. 윌링던에서 살고 있는 윔퍼 변호사가 동물농장과 외부세계를 연결해주는 중개인 역할을 맡기로 하고 나폴레옹의 지시를 받기 위해 매주 월요일 아침에 농장을 방문하기로 했다. 나폴레옹은 으레 그러듯이 "동물농장 만세!"를 외치며 자신의 연설을 끝냈고 동물들은 〈영국의 짐승들〉을 부른 후 해산했다.

후에 스퀼러는 농장을 한 바퀴 돌면서 동물들의 마음을 진정시켰다. 스퀼러는 절대로 장사를 하지 않는다거나, 절대로 돈을 사용하지 않는다라는 결의안은 통과된 적도 없거니와 안건으로 상정된 적조차 없다고 말을 하면서 동물들을 안심시켰다. 그것은 순전히 상상이며 그런 상상이 가능했던 것은 초기에 스노우볼이 퍼뜨린 거짓말 때문일 것이라고 그가 말했다. 몇몇 동물이 여전히 수긍할 수 없다는 반응을 보이자 스퀼러는 그들에게 날카로운 질문을 했다. "동무들, 혹시 동무들이 자면서 꿈을 꾼 것은 아닌가요? 동무들이 꾼 꿈이 아니라고 확신할 수 있나요? 그런 결의를 했다는 기록을 가지고 계신가요? 그런 기록이 어디에 있나요?" 그러한 결의안을 기록한 문서가 없다는 것은 분명한 사실이었기에 동물들은 자신들이 잘못 알고 있던 일이라고 받아들일 수밖에 없었다.

정해진 대로 윔퍼 씨는 매주 월요일 농장을 방문했다. 그는 구레나룻을 기르고 교활한 인상을 가진, 키가 작은 사람이었다. 보잘것없는 규모의 변호사 사무실을 운영하고 있었지만 동물농장에 조만간 중개인이 필요할 것이고 수수료로 벌 수 있는 돈이 상당할 것이라는 것을 누구보다도 일찍 깨달았을 정도로 머리가 잘 돌아가는 인물이었다. 동물들은 두려운 마음으로 그가 농장을 드나드는 것을 지켜보았고 가능한 한 그와 마주치지 않으려고 했다. 그렇지만 네 다리의 나폴레옹이 두 다리의 윔퍼에게 명령을 내리는 모습을 보고 동물들은 은연중에 자부심을 느끼게 되었고 이 때문에 나폴레옹이 발표한 새로운 정책도 약간의 호의를 갖게 되었다. 이제 동물들과 인간들의 관계는 예전과 달라졌지만 그렇다고 인간들이 번창해 가는 동물농장을 덜 미워하게 된 것은 아니었다. 오히려 전보다 훨씬 더 증오했다. 인간들은 동물농장이 조만간 파산할 것이고 특히, 풍차 건설이 실패로 돌아갈 것이라는 것을 마치 신조(信條)처럼 여겼다. 그들은 술집에 모여 앉아 풍차는 완공되기 전에 무너질 것이고, 혹 완공이 되더라도 결코 가동되지 않게 돼 있다고 그림을 그려가면서 자신들의 주장을 증명해 보이려고 했다. 그러나 동물들이 그들 나름대로 농장을 효율적으로 운영하고 있는 것에 대해서는 내키지 않아도 인정할 수밖에 없었다. 인간들이 그곳을 더 이상 매너 농장이라고 부르지 않고 정식 이름인 동물농장이라고 부르기 시작하였다는 것이 그 한 증거였다. 그들은 농장을 되찾는 것을 포기하고 다른 곳으로 떠나 버린 존스를 더 이상 지원하지 않게 되었다. 중개인 윔퍼를 통한 거래 말고는 동물농장과 외부 세계의 직접적인 접촉은 아직 없었지만 나폴레옹이 폭스우드 농장의 필킹턴 씨와 핀치필드 농장의 프레데릭 씨 중 어느 한쪽과 거래를 시작하려고 하는 것이 확실하다는 소문이 꾸준히 돌았다. 그러나 결코 양쪽과 동시에 거래를 하는 일은 없을 것이라고 알려졌다.

돼지들이 갑자기 존즈가 살던 집으로 들어가 그곳을 거처로 삼은 것이 이맘 때였다. 동물들은, 동물은 집 안에서 살면 안 된다는 의안이 초기에 통과되었던 것을 기억하는 듯했다. 이번에도 스퀼러가 나서서 이것은 그런 경우가 아니라고 동물들을 납득시켰다. 스퀼러는 농장의 두뇌인 돼지들은 조용히 일할 곳이 절대적으로 필요하다고 말했다. 또한 스퀼러는 지도자가(스퀼러는 최근에 나폴레옹을 언급할 때 "지도자"라는 호칭을 사용했다.) 허접스러운 돼지우리에서 사는 것보다는 집에서 사는 것이 그 권위에 걸맞은 것이라고 말했다. 그렇지만 몇몇 동물들은 돼지들이 인간처럼 집의 부엌에서 식사를 하고 응접실을 휴게실로 쓸 뿐 아니라 침대에서 잠을 잔다는 말까지 들리자 기분이 몹시 상했다. 복서는 "나폴레옹은 항상 옳다"라는 자신의 구호를 말하는 것으로 넘겨버렸지만, 동물은 침대에서 자면 안 된다는 계명을 분명하게 기억하고 있는 클로버는 헛간 끝 벽면에 새겨진 칠 계명을 읽어보려 했다. 그러나 자신이 읽을 수 있는 것은 알파벳 개별 철자뿐이라는 것을 알고 염소 뮤리엘을 데려왔다.

"뮤리엘 네 번째 계명 좀 읽어줘." 클로버가 말했다. "침대에서 자면 안 된다는 말이 있지 않아?"

뮤리엘이 문장을 더듬더듬 읽어 내려갔다.

"'모든 동물은 시트가 깔린 침대에서 자면 안 된다.'라고 쓰여 있네." 뮤리엘이 큰 소리로 말했다.

클로버는 네 번째 계명에 시트라는 단어가 들어있었었는지를 신기할 정도로 기억을 못하고 있었다. 하지만 그렇게 적혀 있는 걸 보니 계명이 선포될 때도 분명히 그렇게 되어있었을 것이라고 믿었다. 이때 마침 개 두세 마리의 호위를 받으며 이곳을 지나가던 스퀼러가 클로버를 헷갈리게 하는 문제를 해결해 주었다.

스퀼러가 말을 꺼냈다. "요즘 돼지들이 농장 집의 침대에서 잔다는 소식을 동무들은 들으셨겠네요. 그런데 침대에서 못 잘 이유라도 있나요? 설마 침대에서 자는 것을 금하는 계명이 있다고 생각하시는 것은 아니지요? 침대란 그저 잠자는 곳을 의미합니다. 우리에 짚을 깔고 그 위에서 자면 깔아 놓은 짚단이 바로 침대입니다. 그 계명이 금하는 것은 침대 자체가 아니라 시트입니다. 왜냐하면 시트는 인간들이 만들어 낸 것이기 때문입니다. 저희 돼지들은 농가의 침대에서 시트를 걷어내고 담요를 깔고 덮고 잡니다. 그 정도만 돼도 편안한 침대라고 할 수 있지요. 하지만 동무들, 요즘 우리가 하고 있는 두뇌 노동을 생각해 보면 사실 그것도 충분히 안락한 잠자리는 아닙니다. 동무들, 혹시 저희들이 편안하게 자는 것을 원치 않으시는 것은 아니겠죠? 저희가 잠을 잘 못 자 피곤해하면 농장 일은 어떻게 되겠습니까? 분명 동무들 누구도 존즈가 돌아오는 것을 바라지는 않으실 테죠?"

절대로 그렇지는 않다고 동물들은 그 자리에서 스퀼러에게 확언했다. 돼지가 농가의 침대에서 자는 것에 대해서는 더 이상 말이 없었다. 이 일이 있고 며칠 후, 앞으로 돼지들은 아침에 다른 동물들보다 한 시간 늦게 일어날 것이라는 발표가 있었다. 이에 관해서도 역시 어느 누구도 불평하지 않았다.

　가을이 될 때쯤 동물들은 힘은 들었지만 행복해했다. 그들은 고생스러운 한 해를 보냈고 건초와 옥수수를 팔고 난 뒤라 겨울을 나기에 식량은 부족했지만 풍차가 모든 것을 보상해 주었다. 이제 반 정도가 완성되었다. 추수가 끝나자 비가 오지 않는 맑은 날이 계속되었다. 동물들은 풍차 건물 벽을 단 일 피트라도 더 높일 수 있다면 온종일 채석장과 건설현장 사이를 오가며 무거운 돌덩이를 나르는 일이 충분히 가치 있다고 생각하면서 그 어느 때보다 열심히 일했다. 심지어 복서는 밤중에도 나와 가을 달빛 아래에서 한두 시간씩 혼자서 일하곤 했다. 잠시 짬이 나면 동물들은 반 정도 완성된 풍차 주위를 돌면서 벽이 강건하게 우뚝 서 있는 모습에 감탄하며 자신들이 이처럼 인상적인 구조물을 건설할 수 있었다는 것을 경이롭게 여기곤 했다. 열광하지 않은 동물은 늙은 벤자민뿐이었다. 늘 그러듯 당나귀는 오래 산다는 알 듯 모를 듯한 말 외에는 어떤 다른 말도 않았다.

　남서풍이 사납게 부는 십일월이 되었다. 날이 너무 습해서 시멘트를 섞을 수 없었기 때문에 공사는 잠시 중단되었다. 농장 건물이 흔들리고 헛간 지붕의 기와가 날아 갈 정도로 바람이 세게 불던 어느 밤이었다. 멀리서 총소리가 나는 꿈을 동시에 꾼 암탉들이 겁에 질려 꼬꼬댁 거리며 잠에서 깼다. 아침에 동물들이 우리에서 나와 보니 깃대가 쓰러져 있었고 과수원 아래쪽에 있는 느릅나무가 마치 무처럼 뿌리째 뽑혀있었다. 이를 본 동물들의 목에서는 절망적인 비명소리가 터져 나왔다. 참혹한 광경이 그들의 눈앞에 펼쳐져 있었다. 풍차가 무너져버린 것이었다.

동물들은 일제히 풍차로 달려갔다. 좀체 서두르는 법이 없는 나폴레옹이 맨 앞에서 달렸다. 정말로 그곳엔 동물들의 노동의 열매인 풍차가 형체를 알아볼 수 없게 완전히 부서져 있었다. 힘들여서 잘게 부숴 날랐던 돌들이 사방에 흩어져 있었다. 동물들은 할 말을 잃은 채 무너져 내린 돌들을 비통한 마음으로 그저 바라만 보았다. 나폴레옹은 한마디 말도 하지 않고 앞뒤로 왔다갔다할 뿐이었다. 가끔 땅에 코를 대고 킁킁 냄새를 맡아보았다. 경직된 꼬리가 좌우로 심하게 떨렸다. 이는 나폴레옹이 무엇인가를 골똘히 생각하고 있다는 신호였다. 마침내 나폴레옹은 결심이 선 듯 갑자기 멈췄다.

"동무들," 나폴레옹이 나지막한 소리로 말했다. "이 일이 누구의 소행인지 아십니까? 밤에 몰래 들어와서 우리의 풍차를 무너뜨린 적이 누구인지 아십니까? 바로 스노우볼입니다!" 천둥이 치듯 그의 목소리가 갑자기 커졌다. "이것은 스노우볼이 한 짓입니다. 악독한 마음을 품고 순전히 우리들의 계획을 방해하기 위해, 그리고 자신이 치욕스럽게 쫓겨난 것에 대한 복수를 하기 위해 야음을 틈타 이곳으로 몰래 들어와 우리들이 거의 일 년간 공들인 풍차를 파괴한 것입니다. 동무들, 지금 이 자리에서 나는 스노우볼에게 사형을 선고하는 바입니다. 스노우볼을 처단하는 동물에게는 '동물 영웅, 이등 훈장'과 사과 반 부셸을 시상하고, 생포해 오는 동물에게는 사과 한 부셸을 줄 것입니다."

스노우볼이 그와 같은 짓을 하다니, 동물들은 헤아릴 수 없을 정도로 큰 충격을 받았다. 동물들은 화가나서 소리를 질렀다. 그리고 스노우볼이 농장으로 다시 숨어든다면 어떻게 잡을까를 생각하기 시작하였다. 곧이어 둔덕에서 조금 떨어진 풀밭에서 돼지의 발자국이 발견되었다. 그 발자국은 몇 야드 떨어져 있는 울타리 구멍 쪽으로 나 있었다. 나폴레옹은 발자국의 냄새를 맡아보고는 스노우볼의 발자국이 틀림없다고 말했다. 스노우볼이 폭스우드 농장 쪽에서 온 것 같다고 말했다.

"동무들 지체할 시간이 없습니다." 발자국 조사가 끝나자 나폴레옹이 외쳤다. "할 일이 있습니다. 바로 오늘 아침부터 풍차 건설을 다시 시작합니다. 이번 겨울 내내 날이 궂건 맑건 공사는 계속될 것입니다. 그 가증스러운 반역자에게 우리 일을 그처럼 쉽사리 망하게 할 수 없다는 것을 가르쳐 줍시다. 동무들, 명심합시다. 우리의 계획은 변치 않을 것입니다. 완공의 그날까지 계속될 것입니다. 동무들 나아갑시다. 풍차 만세! 동물농장 만세!"

7

그해 겨울은 혹독했다. 매서운 찬바람이 세차게 불고 나면 진눈깨비와 눈이 날렸다. 단단하게 얼어붙은 서리는 이월이 되도록 녹지 않았다. 동물들은 풍차 재건에 온 힘을 다 쏟았다. 외부세계가 자신들을 지켜보고 있고 만일 풍차가 공기(工期) 내에 완성되지 않으면 인간들이 동물들이 하는 일이 그러면 그렇지, 라고 말하면서 승리감에 도취되어 환호작약할 것이라는 것을 잘 알고 있었기 때문이었다.

앙심을 품은 인간들은 스노우볼이 풍차를 파괴했다는 소문을 믿지 않는 척하면서 풍차가 붕괴된 것은 풍차의 벽이 너무 얇아서였기 때문이라고 말하고 다녔다. 동물들은 붕괴의 원인이 얇은 벽이 아니라고 믿었지만 지난번에 십팔 인치였던 벽 두께를 이번에는 삼 피트로 늘리기로 했다. 벽을 더 두껍게 쌓는다는 것은 훨씬 더 많은 돌이 필요하다는 것을 의미했다. 채석장에는 겨우내 내린 눈이 오랫동안 쌓여 있어서 작업을 할 수 없었다. 작업은 눈이 내리지 않는 날에만, 그것도 조금밖에 할 수 없었기에, 그런 날의 작업은 무척 고됐다. 동물들은 지난번과 달리 작업에 큰 희망을 걸지 못했다. 동물들은 늘 추웠고 자주 배가 고팠다. 오로지 복서와 클로버만 열의를 잃지 않았다. 스퀼러가 봉사의 즐거움과 노동의 존엄성에 관해서 매우 훌륭한 연설을 했지만 동물들에게 힘을 준 것은 복서의 엄청난 힘과 "내가 더 열심히 일한다"라는 그의 줄기찬 구호였다.

일월이 되자 식량이 바닥났다. 옥수수 배급량이 현저하게 줄었다. 줄어든 옥수수를 보충하기 위해 감자가 추가적으로 배급될 것이라고 발표되었다. 그러나 수확한 감자를 제대로 덮어 놓지 않아 상당한 양의 감자가 얼어서 먹을 수 없게 된 것이 밝혀졌다. 대부분의 감자는 물렁해졌고 변색되었다. 먹을 수 있는 감자는 얼마 되지 않았다. 며칠 동안 왕겨와 근대만 먹어야 할 때도 있었다. 기근이 동물들 바로 눈앞에서 노려보고 있는 것 같았다.

이 사실을 농장 외부세계가 알지 못하도록 할 필요가 있었다. 풍차 붕괴로 용기를 얻은 인간들은 이번에도 역시 동물농장에 관해서 새로운 거짓말을 만들어 내고 있었다. 동물들은 굶주림과 병으로 죽어가고 있으며, 이런 상황에서도 밤낮 싸움질이나 하고 있고, 심지어는 서로를 잡아먹거나 새끼들을 살해하고 있다는 거짓 소문을 퍼트렸다. 식량 부족의 실상이 인간에게 알려지면 안 된다는 것을 잘 알고 있는 나폴레옹은 윔퍼 씨를 이용하여 정반대의 소문을 퍼트리기로 마음먹었다. 동물들은 매주 농장에 들어오는 윔퍼 씨와 접촉한 적이 한 번도 없었거나 거의 없었다. 몇몇 동물들을 선발해— 선발된 동물들은 대부분은 양들이었다— 윔퍼가 듣는 데서 마치 우연히 나온 이야기처럼 최근에 식량 배급량이 늘어났다고 말을 하도록 시켰다. 또한 나폴레옹은 곳간에 있는 빈 식량 통을 모래로 채운 후 그 위를 조금 남아 있는 알곡과 밀가루로 채워 놓으라고 명령했다. 동물들은 적당한 구실로 웜퍼를 곳간으로 데리고 가서 식량 통을 들여다보게 했다. 웜퍼 씨는 깜빡 속아 넘어갔고 동물농장에는 식량이 부족하지 않다고 계속 바깥 세상에 알렸다.

그렇지만 일월 말쯤이 되자 어디에서든 식량을 반드시 구해와야 만 하는 상황이 됐다. 이즈음 나폴레옹은 공개석상에 잘 나타나지 않았다. 그는 사나운 개들이 방마다 경호를 하고 있는 농가에서 대부분의 시간을 보내고 있었다. 나폴레옹이 모습을 드러낼 때면 격식을 갖춰 의식을 치르는 듯했다. 나폴레옹을 밀착 경호하는 개들은 동물들이 나폴레옹 근처에 접근하기라도 하면 으르렁거렸다. 나폴레옹은 일요일 아침 모임에조차 자주 나타나지 않았고 그 주에 해야 할 일은 돼지 중의 한 마리, 주로 스퀼러가 대신 발표하도록 했다.

어느 일요일 아침, 스퀼러는 때마침 알을 낳기 위해 들어온 암탉들에게 그들이 낳은 알들을 내놓으라고 말했다. 나폴레옹은 웜퍼를 통하여 일주일에 달걀 사백 개를 공급하겠다는 계약을 맺은 터였다. 이렇게 해서 번 돈으로 형편이 좀 나아질 여름이 될 때까지 충분한 알곡과 밀가루를 살 수 있을 것이라는 계산에서였다.

이 말을 들은 암탉들은 소리를 질러댔다. 암탉들은 이 같은 희생이 불가피할 것이라는 말을 일찍부터 들어 왔지만 이런 날이 정말로 올 것이라고는 생각지 않았었다. 암탉들은 봄철에 맞춰 병아리를 부화시키려고 알을 품고 있었는데 알들을 전부 내다 파는 것은 살생과 마찬가지라고 분통을 터뜨렸다. 존즈가 축출된 후 처음으로 반란과

유사한 일이 벌어졌다. 검은색 미노르카종 어린 암탉 세 마리가 이끄는 암탉들은 결의에 차서 나폴레옹의 의지를 꺾으려는 노력을 기울였다. 그들이 취한 방법은 서까래로 날아 올라가 그곳에서 알을 낳는 것이었다. 서까래 위에서 낳은 알은 자동적으로 바닥으로 떨어져 깨져 버렸다. 나폴레옹의 대응은 신속하고도 무자비했다. 암탉들에게 식량 배급을 끊었고, 암탉들에게 먹이를 주는 동물은 누구든지 사형에 처한다는 포고령을 내렸다. 개들이 나서서 명령이 잘 실행되고 있는지를 확인했다. 암탉들은 닷새 동안 저항하다 마침내 항복하고 닭장으로 되돌아갔다. 이 와중에 암탉 아홉 마리가 죽었다. 죽은 암탉들은 과수원에 매장되었고 다른 동물들에게는 암탉 아홉 마리가 콕시디아증이라는 병으로 죽었다고 알려졌다. 윔퍼는 이 일을 알지 못했다. 달걀은 제때 인도되었고 일주일에 한 번씩 달걀을 싣고 가기 위해 식품점 마차가 농장으로 왔다.

이런 일이 벌어지고 있는 동안, 스노우볼은 눈에 띄지 않았다. 근처 폭스우드 농장 아니면 핀치필드 농장에서 숨어 지낸다는 소문만 돌 뿐이었다. 이즈음 나폴레옹은 다른 농장주들과 옛날보다 훨씬 좋은 관계를 유지하고 있었다. 동물농장의 앞마당에는 십년 전쯤 잡목을 벨 때 나온 너도밤나무가 쌓여 있었는데, 지금은 잘 말라서 당장이라도 목재로 사용할 수 있었다. 이를 본 윔퍼는 나폴레옹에게 나무들을 팔라고 권유했다. 사실 필킹턴 씨와 프레데릭 씨 두 사람 모두 그것들을 사고 싶어했다. 나폴레옹은 두 사람 중 누구에게 팔아야 할지 결정을 내리지 못하고 망설이고 있었다. 프레데릭에게 팔아야지

하고 마음먹으면 스노우볼이 폭스우드 농장에 숨어 있다는 소리가 들렸고, 필킹턴에게 팔아야지 하고 마음먹으면 스노우볼이 핀치필드 농장에 숨어 있다는 소리가 들렸다.

그해 초봄 갑자기 놀라운 소식이 전해졌다. 스노우볼이 밤에 농장을 몰래 들락거린다는 것이었다. 동물들은 너무 불안해서 좀체 잠을 잘 수가 없었다. 매일 밤 스노우볼이 어둠을 틈타 농장에 몰래 기어들어와 옥수수를 훔치고, 우유통을 엎어버리고, 달걀을 깨뜨리고, 모판을 짓뭉기고, 과실수 껍질을 갉아서 벗겨 버리는 등, 수많은 해코지를 한다고 알려졌다. 농장에서 일어난 안 좋은 일은 전부 스노우볼의 탓으로 돌려졌다. 유리가 깨지거나 배수구가 막히면 의심할 여지 없이 스노우볼이 밤에 몰래 들어와 벌인 소행으로 여겨졌고 곳간 열쇠가 없어졌을 때도 동물들은 스노우볼이 우물 속에 던져 버린 것이라고 믿었다. 신기하게도 동물들은 늘 두던 곳이 아닌 밀가루를 담아 놓은 포대 밑에서 곳간 열쇠를 찾아낸 후에도 여전히 그렇게 믿었다. 소들은 한목소리로 스노우볼이 우사에 들어와 자기들이 자고 있을 때 젖을 짜갔다고 주장했다. 그해 겨울 동안 농장의 문젯거리였던 쥐들이 스노우볼과 결탁하고 있다는 말도 돌았다.

나폴레옹은 스노우볼의 소행을 대대적으로 조사할 것이라고 발표했다. 나폴레옹은 개들을 대동하고 농장 건물들을 하나도 빼지 않고 샅샅이 조사했다. 다른 동물들은 행여나 불경스러울까 적당한 거리를 두고 나폴레옹을 따라다녔다. 나폴레옹은 두세 걸음마다 멈춰서서 스노우볼의 발자국을 찾을 요량으로 땅 냄새를 맡았다. 나폴레옹은 냄새만으로도 스노우볼의 발자국을 분간할 수 있다고 말했다. 헛간, 우사, 닭장, 채소밭 구석구석을 면밀히 조사하였다. 코를 땅에 박고, 냄새를 깊게 들이 맡고는 등골을 오싹하게 하는 목소리로 소리 쳤다. "스노우볼 냄새다! 그놈이 여기를 왔다 갔어. 그놈 냄새가 틀림 없어." "스노우볼"이라는 말이 튀어나올 때마다 개들은 이빨을 드러내 며 피도 굳게 할 정도로 무섭게 으르렁댔다.

동물들은 완전히 겁에 질렸다. 동물들에게 스노우볼은 그들 주 위에 서서 각종 위험한 짓을 행하는 눈에 보이지 않는 귀신같은 존재 로 여겨졌다. 저녁때 스퀼러가 모든 동물들을 집합시켰다. 놀란 표정 을 지으며 심각한 소식이 있다고 말했다.

"동무들," 스퀼러는 다소 긴장한 듯 경중경중 뛰면서 외쳤다. "끔찍 한 일이 하나 발생했습니다. 스노우볼은 우리를 공격해서 우리 농장 을 뺏을 음모를 꾸미고 있는 핀치필드 농장의 프레데릭에게 자신을 팔아 버렸습니다. 공격이 개시되면 스노우볼이 프레데릭의 앞잡이 노 릇을 할 것이라는 말입니다. 하지만 이보다 더 안 좋은 소식이 있습니 다. 지금까지 우리는 스노우볼의 반역 행위가 단지 스노우볼의 허영 심과 야심 때문이라고만 알고 있었는데 우리가 잘못 생각하고 있었 습니다. 진짜 이유가 무엇인지 여러분은 압니까? 스노우볼은 처음부 터 존즈와 결탁하고 있었던 것입니다! 원래 존즈의 앞잡이였습니다. 우리가 최근에 존즈의 집에서 찾아낸 서류가 그 증거입니다. 동무들, 이 서류가 우리에게 많은 것을 말해주고 있다고 생각합니다. 우리는 외양간 전투 때 스노우볼이 한 짓을 똑똑히 보지 않았습니까? 스노우볼은 우리를 패배시켜 죽게 하려고 하지 않았습니까?"

동물들은 망연자실했다. 이는 스노우볼이 풍차를 무너뜨린 행위보다 더 악랄한 것이었다. 동물들이 스퀼러의 설명을 받아들이는 데는 약간의 시간이 필요했다. 동물들 모두가 외양간 전투 당시 전위에 서서 돌격하던, 매 고비 때 동물들을 격려하면서 규합하던, 존즈가 쏜 총에 맞아 등에 부상을 당하기 전까지 한 순간도 쉬지 않고 맹렬히 싸웠던, 스노우볼의 모습을 기억했다, 아니 기억하고 있다고 생각했다. 스퀼러의 말을 처음 들었을 때, 동물들은 서로 앞뒤가 맞지 않는 자신들의 기억과 스노우볼이 존즈의 앞잡이였다는 스퀼러의 주장을 어떻게 끼워 맞춰야 하는지 몰랐다. 심지어 여간해서는 의심을 하지 않는 복서 같은 동물도 황당하기는 마찬가지였다. 복서는 앞발을 깔고 앉아 눈을 감고 애써 생각을 정리하려고 했다.

"도저히 믿을 수가 없습니다." 복서가 말했다. "스노우볼은 외양간 전투 당시 정말로 용감히 싸우던 것을 제 눈으로 직접 보았습니다. 전투가 끝나자마자 그에게 '동물 영웅, 일등 훈장'을 수여하지 않았습니까?"

"그것이 우리의 실수였다는 것을 이제야 알게 되었습니다, 복서 동무. 스노우볼이 실제로는 우리를 죽음으로 유인하고 있었다는 사실이 우리가 찾아낸 이 비밀문서에 다 나와 있습니다."

"그런데 스노우볼은 부상을 당하지 않았습니까?" 복서가 물었다. "피를 흘리던 모습을 우리가 보았습니다."

"그게 다 미리 짜고 한 짓이었습니다!" 스퀼러가 큰소리로 말했다.

"존즈가 쏜 총알은 스노우볼을 그저 스치기만 했습니다. 동무들이 읽으실 수 있다면 스노우볼이 직접 쓴 서류를 보여드릴 수 있습니다. 거기에 다 나와 있습니다. 결정적인 순간에 스노우볼이 도망 신호를 해서 적에게 우리들을 넘겨주는 것이 그의 계략이었습니다. 스노우볼은 거의 성공할 뻔 했습니다. 제 말씀은, 동무들, 우리의 영웅적인 지도자이신 나폴레옹 동무가 없었더라면 스노우볼의 계략은 성공을 거두었을 것이라는 것입니다. 여러분들도 존즈와 그 일당이 마당으로 들어왔을 때 스노우볼이 갑자기 뒤돌아서 도망쳤고 많은 동물들이 그 뒤를 따라갔던 것을 잘 기억하고 계시지 않습니까? 공포에 휩싸여 우리가 어쩔 줄 몰라 하고 있던 바로 그 순간에 나폴레옹 동무가 '인간들에게 죽음을!'이라고 외치시면서 갑자기 앞으로 달려나오셔서 존즈의 다리를 이빨로 무셨던 것을 분명히 기억하고 계시지 않습니까, 동무들?" 스퀼러는 이쪽저쪽 껑충껑충 뛰어다니면서 외쳤다.

스퀼러가 이처럼 그 당시의 장면을 생생하게 묘사하자 동물들은 자기들이 그 장면을 그렇게 기억하는 것 같다는 생각이 들었다. 어쨌든 가장 결정적인 전투 순간에 스노우볼이 뒤돌아서 도망을 쳤다는 점은 그들도 분명히 기억하고 있었다. 그러나 복서는 마음이 여전히 개운하지 않았다.

"전 스노우볼이 처음부터 반역자였다고 생각하지 않습니다." 마침내 복서가 말했다. "이후 그가 달라진 것은 확실하지만 적어도 외양간 전투 당시에는 훌륭한 동무였습니다."

"우리의 지도자이신 나폴레옹 동무께서는," 스퀼러가 느리지만 단호하게 말했다, "스노우볼이 처음부터 존즈의 앞잡이였다고 분명하게— 동무들, 아주 분명하게— 선언하셨습니다. 예, 정말 그렇습니다. 우리가 혁명을 모의하기 훨씬 전부터 스노우볼은 존즈의 첩자였습니다."

"아, 그렇다면 얘기가 달라집니다!" 복서가 말했다. "만일 나폴레옹 동무가 그렇게 말씀하셨다면 틀림없는 사실일 것입니다."

"동무, 그것이 바로 올바른 정신입니다!" 스퀼러가 외쳤다. 그러나 스퀼러는 반짝 빛나는 작은 눈으로 복서를 매우 못마땅하다는 듯 쳐다보고 있었다. 스퀼러는 돌아서서 가려다 말고 동물들의 마음을 후벼 파는 말 한마디를 덧붙였다. "모든 농장 동물들에게 경고하건대 두 눈을 크게 뜨고 감시해야 합니다. 지금 이 순간에도 스노우볼의 첩자들이 농장에서 암약하고 있기 때문입니다!"

이 일이 있고난 후 나흘째 되는 날 오후에 나폴레옹은 모든 동물들을 마당에 모이게 했다. 동물들이 다 모이자 나폴레옹은 자기가 받은 훈장 모두를 달고 (최근에 자신에게 수여한 '동물 영웅, 일등 훈장'과 이전에 받은 '동물 영웅, 이등 훈장'을 합해서 총 두 개) 농가에 나타났다. 개 아홉 마리가 여전히 그의 주위를 호위하고 있었고 개들이 으르렁대는 소리는 연단 아래에 있는 동물들의 등골을 오싹하게 만들었다. 동물들은 마치 무엇인가 끔찍한 일이 일어날 것을 예감이라도 하듯 모두가 제자리에서 조용히 웅크리고 앉아 있었다.

나폴레옹은 우뚝 서서 엄숙한 눈으로 청중을 쭉 훑어본 후 꽥 소리를 목이 터져라 질렀다. 그러자 개들이 청중 앞으로 달려 나가서 돼지 네 마리의 귀를 물어 나폴레옹의 발밑으로 끌고 왔다. 끌려 나온 돼지들은 고통과 공포로 비명을 질렀다. 귀는 피로 흥건했다. 피 맛을 본 개들은 잠시 정신이 나간 듯했다. 그중 세 마리가 복서에게 달려드는 것을 보고 모든 동물들이 무척 놀랐다. 개들이 자신에게 덤비는 것을 보자 복서는 커다란 발굽을 뻗어 개 한 마리를 공중에서 잡아채 땅 바닥에 내리꽂은 다음 바닥에 짓눌렀다. 그 개는 살려달라고 비명을 질렀고 다른 두 마리는 두 뒷다리 사이로 꼬리를 숨기고 도망쳤다. 복서는 개를 계속 밟아서 죽여야 할지 살려주어야 할지를 묻는 듯 나폴레옹을 응시했다. 나폴레옹은 안색이 변하는 것처럼 보이더니 신경질적인 목소리로 개를 놔주라고 명령했다. 복서는 발을 들어 올렸고 상처를 입은 개는 신음소리를 내며 빠져나와 도망쳤다.

소동은 곧 진정되었다. 끌려나온 돼지 네 마리는 부들부들 몸을 떨면서 처분을 기다리고 있었는데 표정 하나하나에는 잘못했다는 기색이 역력했다. 나폴레옹은 그들에게 죄를 자백하라고 요구했다. 이들은 일전에 나폴레옹이 일요일 총회를 폐지한다고 발표했을 때 그것에 대해 이의를 제기했던 바로 그 돼지들이었다. 다그칠 필요도 없이 그들은 스노우볼이 쫓겨나간 때부터 지금까지 스노우볼과 결탁하여 풍차를 무너뜨리고 동물농장을 프레데릭 씨에게 넘겨주기로 약속을 했다고 자백했다. 또한 돼지들은 스노우볼이 과거 수년 동안 존즈의 첩자였음을 자신들에게 털어놨다고 말했다. 자백을 끝내자마자 개들은 돼지들의 숨통을 물어뜯었다. 나폴레옹은 무시무시한 목소리로 자백할 일이 있는 동물들이 있는가를 물었다.

달걀 문제로 반란을 기도했던 주모자인 암탉 세 마리가 앞으로 나와 꿈에 스노우볼이 나타나 나폴레옹의 명령에 불복하라고 자신들을 선동했다고 진술했다. 이들 암탉들도 처형당했다. 그 다음, 거위 한 마리가 앞으로 나와 작년 추수 때 옥수수 이삭 여섯 개를 숨겨 두었다가 밤에 먹었다고 자백했다. 이어 양 한 마리가 나와 스노우볼의 사주를 받고 식수용 샘에 오줌을 누었다고 자백했다. 곧 이어 양 두 마리리가 나와 나폴레옹의 열렬한 추종자인 늙은 숫양 한 마리를, 그가 기침으로 고생할 때 모닥불 주위를 뱅뱅 돌며 몰아 죽였다고 자백했다. 자백한 동물들 모두는 그 자리에서 처형당했다. 자백과 처형은 계속되어 처형된 동물의 사체가 나폴레옹의 발 앞에 높이 쌓였다. 주변은 피 냄새로 진동하였다. 대기가 피 냄새로 가득한 것은 존즈가 축출된 이후로 처음이었다.

자백과 처형의 절차가 다 끝나자 그 자리에 있던 동물들은 돼지들과 개들을 제외하고 모두 한꺼번에 그곳을 슬슬 빠져나갔다. 몸은 두려움으로 떨렸고 기분은 참담했다. 동물들은 어느 것이 더 충격적인지, 즉, 스노우볼과 공모해서 몇몇 동물들이 반역을 기도했던 것을 알게 된 것이 더 충격적인지, 아니면, 방금 목격한 참혹한 처형이 더 충격적인지 알 수 없었다. 과거에도 이번처럼 참혹했던 유혈 사태가 종종 있었지만 이번 사건은 동물들 사이에서 일어난 것이기 때문에 훨씬 더 끔찍스럽게 여겨졌다. 존즈가 농장을 떠난 이래로 지금껏 동물이 동물을 죽인 적은 없었다. 심지어 쥐 한 마리도 죽임을 당하지 않았었다. 동물들은 반 정도 완성된 풍차가 있는 둔덕으로 향했다. 그곳에서 그들은 서로의 온기를 나누기 위해서 붙어 앉듯 한자리에 함께 모여 앉았다. 클로버, 뮤리엘, 벤자민, 암소와 양들, 그리고 거위와 암탉들 모든 동물들이 한데 모여 앉았다. 고양이만 빠졌다. 고양이는 마당에 집합하라는 명령이 있기 바로 전에 갑자기 사라져 버렸다. 한참 동안 동물들은 아무 말도 하지 않았다. 복서만이 앉지 않고 혼자서 있었다. 그는 가만히 있지 못하고 앞뒤로 왔다갔다하며 기다란 검은 꼬리를 옆구리 쪽으로 휘두르면서 가끔 놀랍다는 듯 작게 히힝 소리를 냈다. 한참이 지나 마침내 복서가 입을 열었다.

"이해가 안 가요. 우리 농장에서 이런 일이 일어날 것이라고는 생각도 못했어요. 우리들의 잘못 때문에 일어난 것이 틀림없습니다. 내 생각에 해결책은 더 열심히 일하는 것밖에 없습니다. 이제부터 나는 아침에 한 시간 더 일찍 일어나겠습니다."

복서는 이 말을 하고 자신의 육중한 몸을 움직여 채석장으로 향했다. 채석장에 도착한 그는 그날 일과가 끝나기 전까지 연속해서 두 수레분의 돌짐을 풍차로 날랐다.

동물들은 클로버 주위로 모여 앉았다. 여전히 누구도 아무 말을 하지 않았다. 그들이 앉아 있는 둔덕에서는 그 일대의 넓은 농촌의 풍광이 한눈에 다 들어왔다. 농장도 거의 한눈에 들어왔다. 한길까지 뻗어 있는 기다란 목초지, 건초 밭, 덤불, 식수용 샘, 어린 밀들이 무성해진 푸른색의 밀밭, 굴뚝에서 연기가 모락모락 오르고 있는 농장 건물들의 빨간 지붕. 청명한 봄날 저녁이었다. 풀과 울타리가 저녁 햇살을 받아 황금색으로 빛나고 있었다. 농장이 이처럼 매력적으로 보인 적은 한 번도 없었고, 동물들은 이 농장이 자신들의 것이고 농장 구석구석이 다 자신들의 소유이라는 사실에 새삼 놀랐다. 둔덕 아래를 응시하는 클로버의 눈에 눈물이 맺혔다. 만일 클로버가 자신의 생각을 제대로 표현할 수 있었다면 여러 해 전에 동물들이 인간을 몰아낼 때 목표했던 것은 결코 이런 것들이 아니었다고 했을 것이다. 그들이 조금 전에 느꼈던 공포와 목격했던 끔찍한 살육 장면은 오래전에 늙은 돼지 메이저가 혁명을 선동했을 때 예상했던 것이 아니었다. 클로버가 그렸던 미래의 모습은 모든 동물들이 배고픔과 채찍에서 해방되어 각자의 능력만큼만 공평하게 일하면서, 지난날 메이저의 연설이 있던 날 밤에 자신이 오리새끼들을 앞발로 감싸 보호해 주었던 것처럼 강한 동물이 약한 동물을 보호해 주는 사회였다. 하지만 결과는 이와 정반대였다. 클로버는 이렇게 된 이유를 알 수 없었다. 어느 누구도 자기의 속마음을 감히 말하려고 하지 않고, 사납게 으르렁대는 개들이 농장 구석구석을 돌아다니고 있고, 죄를 지었다고 고백한 동물의 몸이 갈기갈기 찢겨 죽는 충격적인 장면을 지켜보게 되어버린 것이다. 반역이나 불복종은 클로버에게는 존재하지도 않는 말이었다. 하지만 이런 상황 속에서도 동물들은 존즈가 주인으로 있었을 때보다 지금이 훨씬 더 낫고, 무엇보다 인간들이 동물농장으로 복귀하는 것을 막는 것이 급선무라는 것을 잘 알고 있었다. 그러므로 무슨 일이 생기든 클로버는 충성심을 잃지 않을 것이고, 맡은 일을 열심히 할 것이고, 받은 명령을 수행하고, 나폴레옹을 영도자로 인정할 것이다. 그럼에도 불구하고 오늘과 같은 일은 클로버를 비롯한 모든 동물들이 바라고 애써 이루려고 했던 것은 아니었다. 오늘과 같은 일을 위하여 동물들이 풍차를 건설하고 존즈의 총알에 맞서 싸웠던 것은 아니었다. 비록 말로 표현 할 수는 없었지만 클로버가 생각한 것은 바로 이것이었다.

자신의 생각을 표현해 줄 말을 찾아내지 못한 그녀는 대신 노래가 이를 잘 표현해 줄 것이라는 느낌이 들어 〈영국의 짐승들〉을 부르기 시작했다. 옆에 앉아 있던 다른 동물들도 따라 불렀다. 그들은 아주 구성지게 그러나 느릿느릿하게 슬픔에 젖어 그 노래를 세 번 연달아 불렀다. 그들이 그 노래를 그런 식으로 불러본 것은 이번이 처음이었다.

세 번째 부르는 것을 막 끝냈을 때 스퀼러가 개 두 마리를 대동하고 무엇인가 중요하게 할 말이 있는 양 그들에게 다가왔다. 나폴레옹의 특별 명령으로 〈영국의 짐승들〉 노래가 폐지되었고 이제부터 이 노래를 부르는 것은 금지된다는 것이었다.

동물들은 깜짝 놀랐다.

"왜요?" 뮤리엘이 물었다.

"동무, 이 노래는 이제 더 이상 필요하지 않습니다." 스퀼러가 퉁명스럽게 대답했다. "〈영국의 짐승들〉은 혁명의 노래였습니다. 이제 혁명은 완성되지 않았습니까. 오늘 오후에 반역자들을 처형한 것으로 혁명은 완성된 것입니다. 우리는 외부의 적은 물론이고 내부의 적도 다 물리쳤습니다. 〈영국의 짐승들〉에서 우리는 미래에 이루어질 더 좋은 사회에 대한 염원을 표현했습니다. 그런데 그런 사회는 이미 성취되었으므로 우리는 더 이상 이 노래가 필요 하지 않습니다."

이 말을 듣고 경악한 동물들은 이에 대해 이의를 제기할 수도 있었지만 바로 그 순간 양들이 예의 "네 발은 선이고 두 발은 악이다."를 수 분간 계속 외쳐대기 시작했다. 자연스럽게 이 문제에 대한 토론은 불가능해졌다.

그렇게 해서 〈영국의 짐승들〉은 그날 이후 더 이상 들리지 않게 되었다. 그 대신 시를 쓰는 미니무스가 다른 노래 하나를 작곡했는데 앞부분은 다음과 같이 시작했다.

동물농장, 동물농장
내 덕택으로 그대들은 결코 해 입지 않으리!

매주 일요일 아침 기 게양식이 끝난 후 동물들은 이 노래를 불렀다. 그러나 동물들은 새 노래의 가사와 곡조가 〈영국의 짐승들〉에 결코 견줄 수준이 되지 않는다고 생각했다.

8

며칠 후, 처형이 몰고 왔던 공포가 잦아들자 몇몇 동물들은 여섯 번째 계명에 "모든 동물은 다른 동물을 죽여서는 안 된다."고 돼 있다는 것을 기억했다— 혹은, 기억하는 것처럼 생각했다. 비록 누구도 돼지들이나 개들이 듣는 자리에서는 감히 이 점을 언급하지 못했지만 모두들 며칠 전의 살육은 이 계명과 어느 면에서도 일치하지 않는다고 느끼고 있었다. 클로버가 벤자민에게 여섯 번째 계명을 읽어 달라고 부탁했지만 벤자민은 평소처럼 그런 일에 끼어들고 싶지 않다며 클로버의 부탁을 거절했다. 클로버는 뮤리엘을 데려왔다. 뮤리엘이 클로버에게 여섯 번째 계명을 읽어줬다. 뮤리엘이 읽은 여섯 번째 계명은 다음과 같았다. "모든 동물은 이유 없이 다른 동물을 죽여서는 안 된다." 어떤 이유에서인지 동물들의 기억 속에는 "이유 없이"라는 구절이 빠져 있었다. 아무튼 동물들은 며칠 전의 처형이 계명에 위배되지는 않는다는 것을 확인했다. 스노우볼과 결탁한 반역자를 처형한 데에는 충분한 이유가 있었을 것이었다.

그해 내내 동물들은 전년보다 훨씬 더 열심히 일했다. 일상적인 농장 일은 농장일대로 하면서 동시에 지난 번 것보다 벽이 두 배나 더 두꺼운 풍차를 정해진 날짜에 맞춰 재건하기 위해서는 엄청난 노동력이 필요했다. 존즈가 주인으로 있을 때보다 더 오랜 시간 동안 일을 하면서도 먹는 것은 그때보다 더 나빠졌다는 생각이 들 때도 있었다. 일요일 아침마다 스퀼러는 모든 종류의 곡물 생산량이 종류에 따라 이백 퍼센트, 삼백 퍼센트, 혹은 오백 퍼센트씩 증가했다는 사실을 보여주는 통계 수치들을 긴 종이 한 장에 적어 와서는 이를 앞발로 들고 동물들에게 읽어 주었다. 동물들은 혁명이 일어나기 전의 생산 현황이 어땠는지를 더 이상 기억하지 못했기 때문에 스퀼러의 발표 내용을 믿지 않을 수 없었다. 하지만 동물들은 조만간 통계 수치는 줄더라도 먹을 것이 더 늘어났으면 좋겠다고 느낄 때가 있었다.

이제 모든 명령은 스퀼러나 다른 돼지 한 마리를 통해 하달되었다. 나폴레옹은 보름에 한 번 꼴로밖에 공개석상에 나타나지 않았다. 모처럼 한 번씩 동물들 앞에 나타날 때면 수행원 격인 개들뿐만 아니라 검은 수평아리 한 마리를 데리고 다녔는데 이 병아리는 나폴레옹 앞에서 행진하면서 일종의 나팔수 역할을 했다. 이 수평아리는 나폴레옹이 연설을 시작하려고 할 때마다 "꼬끼오, 꼬꼬꼬"라고 크게 나팔을 불었다. 나폴레옹은 농가 안에서도 다른 돼지들과 방을 따로 쓴다고 알려졌다. 그는 자기 방에서 개 두 마리의 시중을 받으며 혼자 식사를 하며 식사를 할 때면 늘 거실에 있는 유리 찬장에 보관 돼 있던 사치스러운 크라운 더비제(製) 식기를 사용한다고 했다. 또한 매년 기존의 두 개의 기념일 외에도 나폴레옹의 생일에도 예포를 발포할 것이라고 발표되었다.

나폴레옹은 이제 더 이상 그냥 "나폴레옹"이라고만 불리지 않았다. "우리의 지도자 나폴레옹 동무"라는 공식 칭호로 불렸고, 돼지들은 나폴레옹을 위하여 모든 동물들의 아버지, 인류의 공포, 양떼 보호자, 어린 오리들의 친구 같은 다양한 칭호를 개발해내는 것을 좋아했다. 스퀼러는 연설을 할 때마다 나폴레옹의 지혜, 따뜻한 마음, 그리고 영국 전역에 있는 모든 동물들, 특히 아직도 무지몽매한 상태로 농장에서 노예 생활을 하고 있는 동물들에 대한 깊은 애정을 생각하며 이에 감화된 듯 두 뺨에 눈물을 뚝뚝 흘렸다. 혹 일이 성공적으로 완수되거나 운 좋게 잘 풀리면 동물들은 어김없이 모두가 나폴레옹 덕분이라고 생각했다. 따라서 농장에서는 다음과 같은 말을 쉽게 들을 수 있었다. 예를 들어, 암탉 한 마리가 동료 암탉에게 "우리의 지도자 나폴레옹 동무의 지도로 나는 엿새 동안 알을 다섯 개나 낳았지 뭐야."라고 하는 말이든가, 소 두 마리가 샘터에서 물을 마시면서 "물맛이 이렇게 좋은 건 다 나폴레옹 동무가 통치를 잘해서야." 같은 말을 들을 수 있었다. 미니무스가 쓴 나폴레옹 동무라는 시에는 이와 같은 전반적인 농장의 정서가 잘 묘사되어 있었다.

아비 없는 자들의 친구이시며!
행복의 샘이시고!
여물통의 주인님이신 그대여! 오 내 영혼은 불붙는도다.
그대의 온화하고 위엄 있는 눈을 볼 때면,
하늘의 태양 같은 분,

당신은 나폴레옹 동무시여!

그대
모든 동물들이 사랑하는, 모든 것을 다 주시는 분,
하루에 두 번 배부르고, 깨끗한 짚단 위에서 잠자네.
크고 작은 모든 동물들이
우리 안에서 평화롭게 잠자네.
당신은 우리 모두를 지켜주시는 분,
나폴레옹 동무시여!

내 젖먹이 돼지가,
일 파인트짜리 병이나, 밀대만큼 자라기 전에,
그대에게 충성하고 진실해야 할 것을
배워야 하나니,
그렇다, 그가 맨 처음 외치는 말은
"나폴레옹 동무시여!"이리라.

나폴레옹은 이 시를 재가(裁可)했고 대헛간 벽에 칠 계명의 반대
쪽 끝에 새겨 놓으라고 명령했다. 스퀼러는 시 위에 흰색 페인트로 나
폴레옹의 옆모습 초상화를 그려 넣었다.

그즈음, 나폴레옹은 중개인 윔퍼를 통해 프레데릭과 필킹턴의 상
대로 복잡한 협상을 하고 있었다. 마당에 쌓아 놓은 목재는 아직 팔

리지 않았다. 두 사람 중에서 목재를 사고 싶어 더 안달인 사람은 프레데릭이었지만 그는 합당한 가격을 제시하지 않았다. 이즈음, 평소 풍차 건설을 몹시 시기하고 있던 프레데릭이 자신의 일당을 동원하여 동물농장을 공격해서 건설 중인 풍차를 파괴하려 한다는 새로운 소문이 돌고 있었다. 스노우볼은 여전히 핀치필드 농장에서 숨어 지내고 있다고 알려져 있었다. 그해 여름 중반에 동물들은 암탉 세 마리가 앞으로 나와 스노우볼에게 회유당해 나폴레옹을 암살하려는 음모에 가담했었다고 고백하는 것을 듣고 경악했었다. 암탉들은 곧장 처형되었고 나폴레옹의 신변 안전에 대한 조치가 취해졌다. 밤에는 개 네 마리가 나폴레옹의 침대 네 모서리를 하나씩 맡아 지켰고 핑크아이라는 이름을 가진 젊은 돼지는 독이 들었는가를 확인하기 위하여 나폴레옹이 먹을 음식을 먼저 시식하는 임무를 부여받았다.

이와 거의 동시에 나폴레옹이 필킹턴에게 목재를 팔기로 했고, 또한 동물농장과 폭스우드 농장에서 생산되는 것들을 서로 교환하기로 합의를 보았다고 알려졌다. 비록 여전히 윔퍼의 중재가 필요했지만 나폴레옹과 필킹턴은 어느 정도 우호적인 관계가 돼 가고 있었다. 동물들은 인간인 필킹턴을 신뢰하지는 않았지만 같은 인간인 프레데릭 보다는 훨씬 좋아했다. 동물들은 프레데릭에게 두려움과 증오를 느끼고 있었다. 여름이 깊어가면서 풍차가 거의 완성단계에 접어들자, 풍차 공격이 임박했다는 소문은 더욱 증폭되었다. 소문에 의하면 프레데릭이 총으로 무장한 남자 스무 명을 이끌고 동물농장을 공격할 계획이며, 동물농장의 소유 권리 증서를 수중에 넣기만 하면 그들이 아무런 문제도 제기하지 못하도록 이미 행정관리와 경찰을 매수해 놓았다고 하였다. 게다가, 프레데릭이 동물들에게 잔혹한 짓을 했다는 무시무시한 말이 핀치필드에서 새어 나왔다. 프레데릭은 늙은 말 한 마리를 채찍으로 때려 죽였고, 암소들을 굶겨 죽였고, 개 한 마리를 아궁이에 집어넣어 죽였고, 저녁때에는 수탉들의 발톱에 면도날 파편을 묶어 서로 싸움하는 것을 보는 것을 즐기고 있다는 것이었다. 자기 동료들에게 가해지는 이러한 만행에 대해 들은 동물들은 분노로 피가 끓었고, 가끔 단체로 몰려가 핀치필드 농장을 공격해서 인간들을 쫓아내고 동물들을 구할 수 있게 해달라고 아우성을 치기도 하였다. 그러나 스퀄러는 경솔하게 행동해서는 안 되고 나폴레옹 동무의 전략을 신뢰하라고 충고했다.

그럼에도 불구하고 프레데릭에 대한 반감은 계속 고조되어 갔다. 어느 일요일 아침에 나폴레옹이 헛간에 나타나 자신은 목재를 프레데릭에게 팔 생각을 해본 적이 한 번도 없다고 말했다. 그는 프레데릭과 같은 불한당과 거래를 하는 것은 자신의 권위를 손상시키는 일이라고 말했다. 혁명을 바깥 세상에 알리는 임무를 수행하고 있던 비둘기들에게 폭스우드에는 발을 딛지 말라는 명령이 내려졌다. 또한 "인간에게 죽음을"이라는 이전의 구호 대신 "프레데릭에게 죽음을"이라는 구호를 사용하라는 명령도 내려졌다. 늦여름에는 또 다른 스노우볼의 음모가 발각되었다. 밀밭이 온통 잡초뿐이었는데 이는 스노우볼이 어느 날 밤에 몰래 농장에 들어와 밀 씨앗에 잡초 씨앗을 섞어 놓았기 때문인 것으로 알려졌다. 스노우볼에 몰래 협조를 한 수컷 거위

한 마리가 자신의 죄를 스퀄러에게 자백한 후에 독 딸기를 먹어 스스로 목숨을 끊었다. 이제야 동물들은 스노우볼이 결코— 지금까지 생각해 왔던 것과 다르게—"동물 영웅, 일등 훈장" 지위를 받은 적이 없다는 것도 알게 되었다. 그것은 외양간 전투가 끝난 후 스노우볼 자신이 퍼뜨린 날조된 이야기에 불과하고, 훈장을 받기는커녕 전투에서 비겁한 행동을 했다는 이유로 징계를 받았다는 것이었다. 몇몇 동물들은 그 이야기를 듣고 다시 한 번 혼란스러워 했다. 그러나 스퀄러는 그들의 기억이 틀렸다고 이내 납득시킬 수 있었다.

가을이 되자 풍차가 완공되었다. 풍차 건설 작업과 추수를 동시에 진행할 수밖에 없었기 때문에 동물들은 엄청나게 힘이 들었다. 풍차 내부에 들어갈 기계는 아직 설치되지 않았기 때문에 실제로 풍차는 구조만 완성된 셈이었다. 윔퍼는 기계 구매 협상을 벌이고 있었다. 공사 중에 여러 어려움을 무릎 쓰고— 예를 들어, 경험 부족, 도구 부족, 불운, 스노우볼의 반역과 같은 이 모든 것에도 불구하고— 공사는 예정된 날짜에 정확하게 끝났다. 몸은 힘들고 지쳤지만 자부심으로 마음이 고양된 동물들은 그들이 만들어 낸 걸작의 주위를 돌고 또 돌았다. 그들의 눈에는 이번 풍차가 이전 것보다 더 아름답게 보였다. 더구나 풍차의 벽이 이전 것보다 두 배나 더 두껍기 때문에 이번에는 폭약으로도 폭파시킬 수 없을 것이었다. 풍차를 완성시키기 위하여 흘린 땀과 이겨낸 역경, 그리고 풍차가 돌기 시작해 발전기가 작동되면 그들의 삶에 일어날 변화를 생각하니, 그동안 힘들었던 마음은 사라지고 대신 승리감에 도취되어 그들은 소리를 지르며 풍차 주위를 기뻐 뛰어다녔다. 나폴레옹 자신도 완공된 풍차를 살펴보기 위하여 자신을 경호하는 개들과 수평아리와 함께 몸소 둔덕으로 왔다. 그는 동물들의 노고를 치하하고 풍차의 이름을 나폴레옹 풍차로 할 것이라고 발표하였다.

이틀 후 헛간에서 특별 회의가 열렸다. 이 회의에서 나폴레옹이 목재를 프레데릭에게 팔았다고 발표하는 것을 듣고 동물들은 너무 놀라 할 말을 잃었다. 다음날부터 프레데릭의 마차가 농장에 와서 목재를 싣고 가기 시작하리라는 것이었다. 나폴레옹은 겉으로 필킹턴과 우호적인 관계를 맺는 것처럼 보이게 해놓고 실은 프레데릭과 은밀하게 판매 협상을 벌이고 있었다.

이것으로 폭스우드 농장과는 모든 관계가 끝나 버렸고 필킹턴에게는 모욕적인 편지가 전달되었다. 비둘기들은 핀치필드 농장을 피하라는 지시를 받았고, 그들의 구호도 "프레데릭에게 죽음을"에서 "필킹턴에게 죽음을"으로 바뀌었다. 동시에 나폴레옹은 동물농장이 곧 공격당할 것이라는 소문은 절대 사실이 아니며, 프레데릭이 동물들에게 잔혹한 짓을 하고 있다는 소문 또한 엄청나게 과장된 것이라고 말했다. 아마도 이 모든 것들이 스노우볼과 그의 앞잡이들이 만들어 낸 소문일 것이라는 얘기였다. 이제 스노우볼은 핀치필드 농장에 숨어 있지 않으며, 사실 평생 그곳에 한 번도 가본 적이 없었다는 말이 되어버렸다. 그동안 스노우볼은 폭스우드에서 꽤 사치스럽게 살고 있다고 알려졌지만, 이 말 대로라면 과거 수년 동안 필킹턴 밑에서 기생하고 있던 셈이었다.

돼지들은 나폴레옹이 협상에서 보여준 노회한 지략에 감탄하고 있었다. 나폴레옹은 필킹턴과 친한 사이인 것처럼 보이게 해 자연스럽게 프레데릭이 값을 십이 파운드씩이나 올릴 수밖에 없게 만들었기 때문이다. 하지만 나폴레옹이 갖고 있는 최고의 능력은 프레데릭은 물론이고 아무도 믿지 않는 것이었다. 프레데릭은 목재 값을 나중에 갚을 것을 약속한다는 말이 적힌 종잇조각에 불과한 수표로 지불하고 싶어 했는데, 나폴레옹은 프레데릭보다 훨씬 더 똑똑하였던 것이다. 나폴레옹은 프레데릭에게 목재를 넘겨주기 전에 목재 값을 지불할 것과 그것도 오 파운드짜리 지폐로 지불할 것을 요구했다. 프레데릭은 이미 목재 값을 완납한 상태였다. 그 돈은 풍차에 필요한 기계들을 구입하기에 충분할 정도로 큰 액수였다.

목재는 빠른 속도로 실려 나갔고 목재가 다 실려 나간 뒤 헛간에서 특별 회의가 열렸다. 동물들은 프레데릭이 지불한 지폐들을 구경할 수 있었다. 나폴레옹은 훈장 두 개를 달고 행복에 겨운 웃음을 지으며 연단 위에 짚으로 만든 침상에 편안하게 누워 있었는데 그 옆에는 농가 부엌에서 가져온 도자기 접시 위에 돈이 보기 좋게 쌓여 있었다. 동물들은 접시 위의 돈을 쳐다보면서 줄 서서 지나갔다. 복서는 코를 내밀어 지폐 냄새를 맡아보았다. 복서의 콧바람으로 인해 얇고 흰 지폐들이 펄럭이면서 바스락 소리를 냈다.

사흘 후 엄청난 소란이 일어났다. 얼굴이 하얗게 질려 사색이 된 윔퍼가 자전거를 타고 급히 달려 농장으로 들어오더니 자전거를 내팽개치고는 서둘러 농가로 곧장 달려 들어갔다. 곧 이어 나폴레옹의 방에서 숨 막힐 듯한 분노의 고함소리가 났다. 소식은 마치 들불처럼 농장 전체로 퍼져나갔다. 프레데릭에게서 받은 돈은 위조지폐였다. 프레데릭이 돈 한 푼 안 내고 목재를 가져 간 것이었다.

나폴레옹은 즉시 동물들을 소집하여 무시무시한 소리로 프레데릭에게 사형선고를 내렸다. 프레데릭을 생포하면 산 채로 끓는 물에 처넣어 죽일 것이라고 말했다. 동시에 나폴레옹은 이런 엄청난 사건 뒤에는 이것보다 더 나쁜 일이 벌어질 수 있음을 명심해야 한다고 동물들에게 경고하였다. 프레데릭과 그의 부하들이 그들이 오래전부터 준비해왔던 공격을 언제라도 개시할 수 있다는 것이었다. 농장으로 들어오는 길목마다 보초가 배치되었다. 또한 필킹턴과 우호적인 관계를 회복하고 싶다는 화해적인 내용이 담긴 편지가 비둘기편에 폭스우드로 전해졌다.

다음날 아침에 공격이 시작되었다. 경계를 서던 동물들이 뛰어 올라와 프레데릭과 그의 부하들이 이미 빗장이 다섯 개 달린 농장 정문을 통과했다는 소식을 전한 것은 동물들이 막 아침식사를 하고 있던 때였다. 동물들은 프레데릭 일당을 상대하기 위하여 용감하게 나서서 그들과 맞서 싸웠지만 이번에는 지난 번 외양간 전투 때처럼 쉽사리 승리를 거두지 못했다. 프레데릭 일당은 총 열다섯 명이었는데 그 중 반이 총을 가지고 있었다. 그들은 동물들이 오십 야드 이내로 들어오자 총을 쏘기 시작했다. 동물들은 무시무시한 폭음과 살을 찌르는 산탄 총알을 상대할 수 없었다. 나폴레옹과 복서가 동물들이 흩어지지 않도록 하려고 애썼지만 동물들은 곧 뒤로 물러설 수밖에 없었다. 이미 상당수의 동물들이 부상을 당한 상태였다. 동물들은 농장 건물 이곳저곳으로 피신해서는 갈라진 벽 틈이나 열쇠 구멍으로 밖의 상황을 조심스럽게 살펴보았다. 그 넓은 목초지와 풍차가 적들의 수중으로 넘어가 있었다. 나폴레옹은 한동안 어찌할 줄 모르는 것 같았다. 그는 굳어진 꼬리를 씰룩거리며 말없이 앞뒤로 왔다갔다 하고 있었다. 무엇인가를 갈망하는 동물들의 시선이 폭스우드가 있는 곳을 향했다. 만일 필킹턴과 그의 부하들이 동물들을 도와준다면 이 싸움에서 이길 수 있을 것이었다. 바로 이 순간, 전날 필킹턴으로 파견되었던 비둘기들이 막 돌아왔다. 비둘기 중 한 마리가 필킹턴이 보낸 편지를 갖고 있었다. 거기에는 연필로 다음과 같이 적혀 있었다. "꼴좋다."

그 사이 프레데릭과 그 부하들은 풍차 근처에서 멈춰 섰다. 이 장면을 똑똑히 보고 있던 동물들 사이에서 낙담의 탄식소리가 새어 나왔다. 두 사람이 쇠지레와 해머를 가지고 와서 풍차를 막 부술 참이었다.

"그렇게는 안 될걸!" 나폴레옹이 외쳤다. "우리가 이럴 때를 대비해서 풍차를 엄청 두껍게 만들었거든. 일주일이 걸려도 부수지 못할 것이요. 동무들 용기를 가집시다!"

벤자민은 두 사람의 행동을 유심히 관찰했다. 해머와 쇠지레를 든 그 두 사람은 풍차의 밑 부분에 구멍을 내고 있었다. 벤자민은 천천히, 재미있다는 듯 긴 주둥이를 끄덕거리면서 말했다.

"내 그럴 줄 알았어요. 저자들이 무슨 짓을 하는지 모르겠어요?

조금 있으면 저 구멍에 폭약을 넣을 거요."

겁에 질린 동물들은 잠자코 기다리기만 할 뿐 감히 건물 밖으로 나올 생각을 하지 못했다. 몇 분 후 사람들이 사방으로 흩어지는 것이 보였다. 곧 이어 고막을 찢는 소리가 났다. 비둘기들은 마치 소용돌이에 휩쓸린 듯 공중으로 솟구쳐 올랐다. 나폴레옹을 제외한 모든 동물들은 재빨리 바닥에 엎드리고는 얼굴을 땅에 박았다. 동물들이 일어났을 때는 까만 연기가 거대한 검은색 구름이 되어 풍차가 있던 자리에서 뭉게뭉게 피어오르고 있었다. 구름은 바람에 실려 천천히 사라져갔다. 풍차가 사라지고 없었다!

이를 보자 동물들에게 용기가 다시 솟아났다. 바로 조금 전까지 두려움과 절망 속에 있었던 동물들은 인간들이 저지른 사악하고 경멸스러운 행위를 보고 분노가 치밀어 올랐다. 복수하자는 소리가 들리더니 명령을 내리지도 않았는데도 동물들은 한 몸이 되어 적들을 향해 돌진하기 시작했다. 우박처럼 쏟아져 내리던 산탄 총알은 이제 아무런 문제도 되지 않았다. 참혹하고 격렬한 전투였다. 인간들은 총을 계속 쏴 댔고 동물들이 가까이 오자 몽둥이를 휘두르고 육중한 구둣발로 발길질해 댔다. 암소 한 마리, 양 세 마리, 거위 두 마리가 죽어 나갔고, 거의 모든 동물들이 부상당했다. 뒤에서 작전을 지휘하고 있던 나폴레옹조차 꼬리 끝이 산탄 총알에 맞아 잘렸다. 동물들만 부상을 당한 것은 아니었다. 프레데릭의 부하 세 명이 복서의 발굽에 채여 머리가 박살났다. 한 명은 암소 뿔에 복부를 받혔고, 또 한 명은 제시와 블루벨에 의해 입고 있던 바지가 다 찢겼다. 나폴레옹의 경호원인 개 아홉 마리가 나폴레옹의 지시를 받고 울타리를 엄폐물로 삼아 돌아가서 인간들 진영 측면에서 돌격하며 사납게 짖어대자 인간들은 겁을 먹었다. 인간들은 자신들이 포위되었다는 것을 깨달았다. 프레데릭은 상황이 더 나빠지기 전에 빠져나가자고 부하들에게 소리쳤고 겁먹은 인간들은 이내 자신들의 소중한 목숨을 구하기 위하여 도망쳤다. 동물들은 인간들을 들판 끝까지 쫓아갔고 인간들이 가시덤불 울타리 밑으로 도망칠 때 마지막 몇 번 더 걷어차 주었다.

동물들이 이겼다. 그러나 그들은 지쳤고 피를 흘리고 있었다. 동물들은 농장으로 천천히 되돌아갔고 죽어 쓰러져 있는 동료들을 보고 몇몇은 눈물을 흘렸다. 동물들은 풍차가 있던 자리에서 슬픔에 잠겨 잠시 동안 말없이 서 있었다. 풍차는 사라져 버렸다. 그토록 공들여 세운 풍차가 마지막 흔적도 남기지 않고 사라져 버린 것이다. 바닥도 일부분 파괴되었다. 게다가 풍차를 재건 한다고 해도 지난번처럼 무너진 돌을 사용할 수 없게 되었다. 돌들도 다 사라져 버렸기 때문이다. 폭발의 힘이 엄청났기 때문에 무너진 돌들은 수백 야드나 떨어진 곳으로 날아가 버렸다. 마치 풍차가 없었던 것처럼 그 자리에는 아무것도 남아있지 않았다.

동물들이 농장에 다다르자 아까 전투 때에는 이상하게 보이지 않았던 스퀼러가 꼬리를 흔들어 대면서 만족한 듯 환한 표정을 지으며 껑충껑충 뛰어 동물들에게 가까이 왔다. 이 순간 농장 건물 쪽에서 엄숙한 총소리가 꽝하고 났다.

"웬 총소리지?" 복서가 말했다.

"승리를 축하하기 위해서입니다." 스퀼러가 큰소리로 대답했다.

"무슨 승리를요?" 복서가 물었다. 복서의 무릎에서는 피가 나고 있었고, 편자 하나가 빠져 없었고, 발굽은 찢어졌으며, 뒷다리에는 산탄 총알 열 두어 개가 박혀 있었다.

"무슨 승리라니요? 우리 영토를 침범한 적들을 우리 손으로 쫓아내지 않았습니까? 우리의 영토인 신성한 동물농장을 우리 힘으로 지켜냈지 않았습니까?"

"우리가 이 년 동안이니 공들여 건설한 풍차를 적들이 폭파시켜 버렸는데도요?"

"그게 무슨 상관인가요. 풍차야 새롭게 다시 건설하면 되지요. 마음만 먹으면 우리는 새로운 풍차를 여섯 개라도 다시 건설할 수 있습니다. 동무는 우리가 이룩한 엄청난 성공을 인정하지 않고 계신 건 아니지요? 적들이 우리가 서 있는 바로 이곳을 점령했었지만 나폴레옹 동무의 영도력 덕분에 우리는 이 땅 전부를 다시 찾아왔지 않습니까?"

"그렇다면 우리는 우리의 것을 되찾은 것이군요."

"맞습니다. 그게 바로 우리의 승리라는 겁니다." 스퀼러가 대답했다.

동물들은 절뚝거리며 마당으로 들어섰다. 복서는 다리에 박힌 총알로 고통스러워했다. 복서는 풍차를 기초부터 다시 건설하는 것을 머릿속에 그렸고, 벌써 마음의 준비는 단단히 되어 있었다. 그러나 그는 자신의 나이가 이미 열한 살이나 되었고, 생전 처음 자신의 힘도

한창 때가 아니라는 생각이 들었다.

초록색 깃발이 나부끼고 있는 것을 보고, 축포 소리가 일곱 번씩이나 나는 것을 듣고, 자신들을 치하하는 나폴레옹의 연설을 듣고 나니 자신들이 정말로 대단한 승리를 하긴 한 것 같다고 생각하게 되었다. 전사한 동물들에게는 엄숙한 장례식을 치러 주었다. 복서와 클로버가 영구차로 쓰인 짐마차를 끌었고 나폴레옹이 몸소 장례 행렬의 선두에 섰다. 꼬박 이틀 동안 승리의 축하연이 거행되었다. 노래, 연설, 예포 의식이 이어졌고, 모든 동물들에게 특별 선물로 사과 한 알씩 배급되었고, 새들에게는 옥수수 이 온스씩, 개들에게는 비스킷 세 개씩이 각각 배급되었다. 그리고 이번 전투의 공식 명칭은 풍차 전투라고 발표되었으며, 나폴레옹에게는 녹기(綠旗) 훈장이 수여된다고 알려졌다. 모두가 이렇게 즐거움으로 들떠 있는 사이 위조지폐에 속아 넘어간 불행한 사건은 잊혀졌다.

며칠 후 돼지들은 농가 지하실에서 위스키 한 상자를 발견했다. 처음 농가를 차지했을 당시에는 보지 못하고 그냥 넘어갔던 것이었다. 그날 밤 농가에서 커다란 노랫소리가 흘러나왔는데 그 노래들 중에 〈영국의 짐승들〉이 섞여있어서 동물들은 매우 놀랐다. 아홉 시 반쯤 나폴레옹이 존즈 씨가 쓰던 보울러 모자를 쓰고 농가의 뒷문에서 나와 마당 주위를 빠르게 달리고는 농가 안으로 급히 사라지는 장면이 분명히 눈에 띄었다. 하지만 아침에 농가에는 깊은 적막감만 감돌았다. 돼지 한 마리도 얼씬하지 않았다. 아홉 시가 다 돼서야 스퀼러가 나타났다. 스퀼러는 맥이 빠진 듯 걸음은 느렸고, 눈은 흐리멍덩하게 풀려 있었고, 꼬리는 힘없이 축 처져 있는 게 영락없는 병자의 모습이었다. 동물들을 모이게 하고는 끔찍한 소식이 있다고 말했다. 나폴레옹 동무께서 위중하시다는 것이었다!

동물들 사이에서 한숨 소리가 터져 나왔다. 걱정이 된 동물들은 농가 문 밖에 짚을 깔고는 뒤꿈치를 들고 그 위를 걸어 다녔다. 동물들은 눈에 눈물을 가득 머금고 만약 영도자께서 돌아가시면 자기들은 어떻게 될 것인가를 서로 물었다. 스노우볼이 동물농장으로 몰래 들어와 나폴레옹의 음식에 독약을 넣었다는 소문이 돌았다. 열한 시에 스퀼러가 또 다른 소식을 전했다. 나폴레옹 동무께서 죽기 전 마지막으로 중대한 포고령을 내리셨는데 그것은 다름 아닌 술을 마시는 동물은 사형에 처한다는 것이었다.

그러나 저녁때가 되자 나폴레옹은 나아진 것 같았다. 이튿날 아침 스퀼러는 나폴레옹이 회복 중이라는 소식을 전했다. 그날 저녁때 나폴레옹은 업무에 복귀했다. 다음날, 나폴레옹이 윔퍼에게 양조(釀造)와 증류(蒸溜)에 관한 책을 구입해 오도록 지시했다고 알려졌다. 몇 주 후, 나폴레옹은 이전에 은퇴한 동물들을 위한 목장으로 쓰기 위해 할당해 놓았던 과수원 너머에 있는 작은 목장 땅을 갈아 엎으라는 명령을 내렸다. 그곳은 풀이 다 죽어서 풀을 새로 심어야 할 필요가 있다는 설명이 뒤따랐지만 나폴레옹의 실제 의도는 그곳에 보리를 심는 것이라는 얘기가 금세 알려졌다.

이즈음, 동물들이 이해할 수 없는 몹시 이상한 일이 발생했다. 어느 날 밤, 열두 시쯤 마당에서 쿵하는 커다란 소리가 났고 동물들은 우리 바깥으로 뛰어나왔다. 달이 밝은 밤이었다. 칠 계명이 적혀있는 대헛간의 끝 벽 아래 사다리 하나가 두 조각이 난 채 부러져 있었고 그 옆에 스퀼러가 정신을 잃고 큰 대자로 쭉 뻗어 있었다. 등불과 붓, 흰색 페인트 통이 널부러져 있었다. 개들이 스퀼러를 즉시 에워쌌고 스퀼러가 정신이 들자 농가로 데리고 들어갔다. 동물들은 도대체 이 것이 무슨 일인지 영문을 몰랐지만 늙은 벤자민은 주둥이를 끄덕이면서 무엇인가가 이해된다는 표정을 지었다. 하지만 그는 아무 말도 하지 않았다.

며칠 후, 뮤리엘은 칠 계명을 읽다가 자신들이 계명 하나를 또 잘못 알고 있었다는 사실을 발견했다. 자신들이 기억하기에 다섯 번째 계명은 "모든 동물은 술을 마셔서는 안 된다." 였는데 이제 보니 두 단어를 빼고 기억 하고 있었던 것이었다. 다섯 번째 계명은 실제로는 "모든 동물은 술을 너무 지나치게 많이 마셔서는 안 된다." 였던 것이었다.

9

복서의 찢어진 발굽이 낫는 데 오랜 시간이 걸렸다. 승리 축하연 다음날부터 풍차 재건설 작업이 시작되었다. 복서는 하루도 쉬지 않고 일을 했으며 발이 아픈 것을 남들이 모르게 하는 것이 명예로운 일이라고 생각했지만 저녁때 일과가 끝나면 클로버에게 사적으로 발이 너무 아프다고 털어놓곤 했다. 클로버는 약초를 잘게 씹어서 만든 찜질 약을 복서의 발굽에 발라주었다. 클로버와 벤자민은 일을 너무 많이 하지 말라고 복서에게 충고했다. "말의 허파라고 해서 평생 가는 것은 아니에요."라고 클로버가 말했지만 복서는 들으려고 하지 않았다. 복서는 자신에게는 은퇴하기 전에 이루고 싶은 야망이 하나 있는데 그것은 다름 아닌 풍차가 돌아가는 것을 보는 것이라고 말했다. 동물농장의 여러 법이 처음 제정된 초기에 동물들의 은퇴 연령이 말과 돼지는 열두 살, 소는 열네 살, 개는 아홉 살, 양은 일곱 살, 닭과 거위는 다섯 살로 정해졌다. 노령 연금도 넉넉히 책정되었지만 은퇴한 동물이 실제로 연금을 받은 적은 아직까지 없었다. 최근 들어 이 문제가 점점 더 자주 논의되기 시작했다. 원래 은퇴한 동물들을 위하여 확보해 놓았던 목장이 보리밭으로 바뀌었으므로 대신 넓은 목장의 일부에 울타리를 쳐서 은퇴한 동물들을 위한 목장으로 만든다는 소문이 돌았다. 말에게 지급되는 연금은 하루에 옥수수 오 파운드, 겨울에는 건초 십오 파운드이며 공휴일에는 당근 한 개 혹은 사과 한 개씩을 더 준다는 이야기가 있었다. 이듬해 늦여름에 복서는 열두 번째 생일을 맞을 것이었다.

그러는 동안에도 농장의 삶은 여전히 힘들었다. 겨울은 지난해만큼 혹독했고 식량사정은 더 나빠졌다. 동물들에게 배급된 식량은 지난해보다 더 줄었지만 돼지들과 개들에게는 예외였다. 스퀼러는 식량배급에 지나치게 엄격한 평등주의를 적용하는 것은 동물주의의 원리에 어긋나는 것이라고 말했다. 보이는 것과 달리 실제로 식량이 모자라는 것은 아니라는 점을 스퀼러는 어렵지 않게 입증해 보였다. 일정 기간 동안 식량 배급을 재조정(스퀼러는 "축소"라는 표현 대신에 늘 "재조정"이라는 표현을 썼다.)할 필요가 있긴 했지만, 그래도 예전에 존즈가 주인이었던 시절과 비교해 보면 형편이 훨씬 더 나아진 것은 분명하다는 것이었다. 그는 째지듯 급한 목소리로 구체적인 통계 수치를 들어가며 존즈가 주인이었던 시절보다 귀리, 건초, 순무를 더 많이 먹게 됐으며, 노동 시간도 줄어들었고, 식수의 질도 훨씬 더 좋아졌고, 동물들의 수명도 늘어났고, 새끼의 생존 비율도 늘어났고, 우리에 더 많은 짚이 공급되었고, 벼룩에게 시달리는 고통은 더 줄었음을 조목조목 자세히 설명했다. 동물들은 스퀼러의 설명 하나하나를 다 믿었다. 사실 동물들은 존즈가 주인이었던 시절을 제대로 기억하지 못하고 있었다. 지금 그들이 알고 있는 것은 삶이 가혹하고 고달프다는 것, 자주 배가 고프고 춥다는 것, 잠을 잘 때를 빼고는 하루 종일 일을 해야 한다는 것이었다. 그러나 동물들은 옛날에는 상황이 지금보다 훨씬 더 나빴다고 굳게 믿었다. 게다가 옛날에는 모두가 노예였지만 지금은 누구나 다 자유로운 몸이었고 그것만으로도 차이는 매우 컸다. 스퀼러는 언제나 이 점을 빼놓지 않고 지적했다.

그사이 동물농장에는 먹여야 할 입이 더 늘었다. 가을에 암퇘지 네 마리가 합해서 새끼 서른한 마리를 동시에 낳았다. 모두 얼룩빼기였다. 나폴레옹이 농장에서 유일한 수퇘지라는 점을 고려한다면 새끼들의 아비가 누구인지 짐작하는 것은 어려운 일이 아니었다. 얼마 있다가 벽돌과 목재를 구입해 농가의 정원에 교실을 짓겠다는 발표가 있었다. 그동안 새끼 돼지들을 나폴레옹이 농가의 부엌에서 직접 가르쳤다. 새끼돼지들은 농가의 정원에서 운동을 했고 다른 동물의 새끼들과 함께 노는 것이 금지되었다. 또한 만일 돼지가 길에서 다른 동물과 맞닥뜨리게 되면 다른 동물이 길을 비켜줘야 하고, 모든 돼지들은 계급의 높고 낮음에 상관없이 일요일에는 꼬리에 초록색 리본을 다는 특권을 갖는다는 규칙이 제정되었다.

그해 농장 운영은 꽤 성공적이었다. 하지만 돈은 여전히 부족했다. 교실을 짓기 위해서는 벽돌, 모래, 석회를 사야했고, 풍차 내부에 들어가는 기계를 사기 위해 또 다시 저축을 시작해야 했다. 농가에 필요한 등잔불 기름과 양초도 구입해야 했다. 나폴레옹의 식탁에 올릴 설탕(나폴레옹은 살찐다는 이유로 다른 돼지들의 설탕 섭취를 금했다.)도 구입해야 했다. 연장, 못, 끈, 석탄, 철사, 파철(破鐵), 개 먹이 비스킷

등도 교체하거나 보충해야 했다. 그래서 건초 한 더미와 감자 일부를 팔았고, 달걀 판매량도 일주일에 육백 개로 늘렸다. 이 때문에 그해에 암탉들은 지난해와 겨우 같은 수를 유지할 수 있을 정도의 병아리만 부화시켰다. 십이월에 한 번 줄었던 식량 배급량이 이월에 또 한 번 줄었다. 기름을 아낀다는 이유로 우리에서 등불도 켜지 못하게 했다. 그렇지만 돼지들의 삶은 여전히 편안한 것 같았고, 실제로도 체중은 늘었다. 이월 말의 어느 날 오후, 존즈가 주인이었던 시절에는 한 번도 사용되지 않았던, 부엌 너머에 있는 양조장에서부터 동물들이 한 번도 맡아보지 못했던 식욕을 자극하는 구수하고 달콤한 냄새가 마당 건너로 풍겨왔다. 누군가는 보리를 삶을 때 나는 냄새라고 했다. 동물들은 게걸스럽게 킁킁대며 그 냄새를 맡고는 혹시 그날 따끈하고 걸쭉한 여물이 저녁식사로 나오지 않을까 하고 궁금해했다. 그러나 그날 저녁식사에 따끈한 여물은 나오지 않았고, 대신 다음 일요일에, 앞으로 보리는 돼지들에게만 배급될 것이라는 발표가 있었다. 과수원 너머에 있는 목장에는 보리가 이미 심어져 있었다. 현재 모든 돼지들에게 맥주가 매일 일 파인트씩, 나폴레옹에게는 일 갤런씩 크라운 더비제(製) 수프 그릇에 담겨 배급되고 있다는 말이 새어 나왔다.

힘든 일이 많아도 최근 농장의 삶은 옛날에 비해 훨씬 품위 있었고 이는 동물들의 고달픔을 일부 보상해 주었다. 과거에 비해 노래를 부르고, 연설을 하고, 행진을 하는 기회가 훨씬 더 많아졌다. 나폴레옹은 일주일에 한 번씩 동물농장의 투쟁과 승리를 축하하는 것을 목적으로 하는 소위 자발적 시위라는 행사를 열라고 명령하였다. 정해진 시간이 되면 동물들은 일을 하다 말고 군대식 대형을 지어 농장 경내를 행진하였다. 돼지들이 앞에 서고 그 뒤에 말, 소, 양, 맨 끝에 가금류가 섰다. 개들은 측면에 섰고 그 앞에는 나폴레옹의 검은 수평아리가 섰다. 복서와 클로버는 발굽과 뿔이 그려져 있고 "나폴레옹 동무 만세"라는 글귀가 새겨진 초록색 펼침막을 들고 행진했다. 그런 후에는 나폴레옹을 기리는 시들이 낭송되었고, 이어 스퀼러가 최근에 이룩한 식량생산 증가에 관한 연설을 하거나 때로는 예포를 쏘기도 했다. 양들이 가장 헌신적이었다. 혹 누군가가 시간 낭비라거나 공연히 동물들을 밖에 세워 놓고 추위에 떨게 한다는 이유로 이 행사에 대해 불평을 하기라도 하면(근처에 개들이나 돼지들이 없으면 때때로 불평하는 동물들이 있었다.) 양들은 그들의 면전에서 엄청나게 큰 소리로 "네 발은 선이고 두 발은 악이다"라는 구호를 외쳐서 그들의 입을 막아버렸다. 그러나 대체적으로 동물들은 이 행사를 좋아했다. 어쨌거나 동물들은 이 행사를 치르면서 자신들이 진정한 주인이며 노동 역시 바로 그들 자신들을 위한 것이라는 점을 떠올리고는 위안을 얻었다. 노래, 행진, 스퀼러의 통계 숫자 발표, 꽝꽝 울리는 예포 소리, 수평아리들의 꼬꼬댁 나팔소리, 펄럭이는 깃발들로 인해서 동물들은 적어도 그 시간만큼은 배가 고프지 않았다.

사월에 동물들은 동물농장이 공화국이라고 선포하였고 대통령을 선출하게 되었다. 유일한 후보자인 나폴레옹이 만장일치로 대통령에 선출되었다. 같은 날 스노우볼과 존즈가 공모했다는 상세한 정보가 담긴 문서 하나가 새롭게 발견됐다고 발표되었다. 외양간 전투에서 스노우볼이 동물들에게 패배를 안겨주려고 했던 것은 동물들의 생각처럼 계략의 일부였던 것이 아니라 대놓고 존즈의 편을 들었던 것이라는 사실이 밝혀졌다. 사실, 동물농장에 쳐들어왔던 인간들을 지휘한 자가 바로 스노우볼이었고 전투 중에 "인간 만세!"라고 외쳤던 자도 다름 아닌 스노우볼이었다는 것이었다. 몇몇 동물들이 아직도 보았다고 기억하고 있는 스노우볼의 등에 난 상처는 나폴레옹에게 물려서 난 상처였다고 했다.

한여름이 되자 수년 동안 보이지 않던 까마귀 모세가 돌연 농장에 다시 모습을 보였다. 그는 예전과 조금도 달라지지 않았다. 여전히 일은 하지 않고 슈가캔디 산(山)에 대해서 예전과 똑같은 말투로 지껄이기만 했다. 그루터기에 자리를 잡고는 검은색 날개를 퍼덕거리며 자기 얘기를 들어주는 동물은 누구든 붙들고 한 시간씩 떠들었다. 모세는 큰 주둥이로 하늘을 가리키며 엄숙한 목소리로 "동무, 저 너머에 말이야, 저기 보이는 저 검은 구름 반대편에 말이야, 슈가캔디 산이 바로 거기에 있는데, 그곳은 우리같이 가난한 동물들이 노동에서 해방되어 편히 쉴 수 있는 곳이라네."라고 이야기 했다. 그는 심지어 하늘을 높이 날다 그 산에 한 번 가본 적이 있는데 그곳에서 토끼풀로 뒤덮인 들판이 끝도 없이 이어져 있는 것과, 아마(亞麻)씨 케이크와 각설탕이 울타리에서 자라고 있는 것을 보았다고 말했다. 많은 동물들이 모세의 이런 말을 믿었다. 동물들이 판단하기에 현재의 자신들은 굶주리고 노역으로 힘든 삶을 살고 있으니 어딘가에 더 나은 세상이 존재해야 한다고 생각하는 것은 옳고도 당연한 것이지 않은

가? 한 가지 알 수 없는 일은 모세에 대한 돼지들의 태도였다. 돼지들은 모세가 하는 슈가캔디 산 이야기를 모두 거짓이라고 선언하고 경멸하면서도 모세를 계속해서 농장에서 살게 하였고, 일도 하지 않는 그에게 맥주를 매일 한 질씩 주었다.

발굽의 상처가 다 아물자 복서는 그 어느 때보다 더 열심히 일했다. 사실 모든 동물들이 그해에 마치 노예처럼 일을 많이 했다. 일상적으로 하는 일과 풍차 재건설 일 외에도 삼월부터는 어린 돼지들이 공부할 교실을 짓는 일에 매달려야 했다. 충분히 먹지 못한 상태로 장시간 일을 해야 하는 것은 때로 견디기 어려웠지만 복서는 결코 흔들리는 일이 없었다. 그의 말이나 행동에는 그의 힘이 예전만 못하다는 징조가 조금도 보이지 않았다. 단지 외모에만 약간의 변화가 나타났을 뿐이었다. 예전보다 가죽의 윤기가 덜했고 커다란 엉덩이도 쪼그라든 것처럼 보였다. 다른 동물들이 말했다. "봄에 새 풀을 먹으면 살이 좀 오르겠지." 봄이 돼도 복서는 살이 오르지 않았다. 마차에 큰 돌을 싣고 있는 힘을 다해 경사면을 올라 채석장 꼭대기로 갈 때 복서를 버티게 해주는 것은 오로지 일에 대한 의지인 것처럼 보일 때가 종종 있었다. 그럴 때마다 그의 입은 "내가 더 열심히 일한다."라는 말을 하려는 듯한 모양이 됐지만 목소리는 나오지 않았다. 클로버와 벤자민이 건강을 생각하면서 일하라고 또 한 번 충고했지만 복서는 들으려고도 하지 않았다. 그의 열두 번째 생일이 다가오고 있었다. 복서의 유일한 관심은 은퇴하기 전에 풍차 건설에 쓰일 돌을 될 수 있는 한 많이 모아놓는 것뿐이었다.

그해 여름 어느 날 저녁 늦게 복서가 변을 당했다는 소문이 농장 전체에 퍼졌다. 그가 풍차 건설에 쓰일 돌을 싣고 풍차 건설현장으로 혼자 갔다는 것이었다. 아니나 다를까, 소문은 사실이었다. 몇 분 후 비둘기 두 마리가 급히 날아와 소식을 전했다. "복서가 쓰러졌어요! 옆으로 쓰러져 일어나질 못하고 있어요!"

농장 동물들 중 거의 절반이 풍차가 세워지고 있는 둔덕으로 뛰어갔다. 복서는 짐수레의 두 굴대 사이에 쓰러져 있었다. 목은 힘없이 축 처져 있었고 고개를 들지도 못했다. 눈은 초점을 잃었고 옆구리는 땀범벅이었다. 입에서는 피 한줄기가 가느다랗게 흘러나왔다. 클로버가 복서 옆에 무릎을 꿇고 앉았다.

"복서!" 클로버가 외쳤다. "어찌된 거예요?"

복서가 힘없는 목소리로 대답했다. "폐가 좀 이상해요." "별 문제 아닐 거예요. 내가 없어도 여러분들은 풍차 건설을 끝낼 수 있을 거예요. 돌은 충분할 거예요. 어쨌든 난 한 달밖에 남지 남았어요. 솔직히 말해서 난 은퇴하는 날을 기다려 왔어요. 아마도 벤자민도 나이가 들었으니 나와 같은 날에 은퇴를 해서 같이 지낼 수 있게 해주겠지요."

"당장 손을 써야겠어요." 클로버가 말했다. "누가 달려가서 스퀼러에게 알려요."

클로버와 벤자민을 제외한 동물들 모두가 스퀼러에게 달려갔다. 벤자민은 복서 옆에 앉아 아무 말없이 자신의 긴 꼬리로 파리를 쫓아 주고 있었다. 약 십오 분이 지나자 스퀼러가 동정과 걱정이 가득한 표정을 하고 나타났다. 스퀼러는 나폴레옹 동무께서 농장에서 제일 충성스러운 일꾼 중에 하나인 복서에게 일어난 이 불상사에 관해 비통한 심정으로 보고를 받으셨고 이미 윌링던에 있는 병원에서 치료를 받을 수 있도록 모든 조치를 취해 놓으셨다고 말했다. 이 말에 동물들은 약간 불안해했다. 몰리와 스노우볼 말고는 그 누구도 농장 밖으로 나가 본 적이 없을 뿐만 아니라 아픈 동료의 치료를 인간들의 손에 맡긴다는 건 생각할 수도 없는 일이었다. 그러나 스퀼러는 농장에서 치료받는 것보다 윌링던에 있는 수의사에게 치료받는 것이 복서에게 훨씬 더 좋은 일이라고 동물들을 쉽게 설득했다. 약 삼십 분이 지나자 복서는 약간 기운을 차려 어렵사리 일어나 절뚝거리면서 자신의 우리로 돌아갔다. 클로버와 벤자민이 그의 우리에 짚단으로 잠자리를 편안하게 꾸며 놓았다.

그 후 이틀 동안 복서는 우리에서 나오지 않았다. 돼지들이 농가의 화장실 약장 속에서 찾아낸 커다란 분홍색 약병을 하나 보내왔다. 클로버는 하루에 두 번 식후에 복서에게 이 약을 먹였다. 밤마다 클로버는 복서 옆에 누워서 이야기를 해 주었고, 벤자민은 파리를 쫓아 주었다. 복서는 자신은 쓰러진 것을 비참하게 여기지 않는다고 속마음을 털어놨다. 건강을 회복하기만 하면 한 삼 년은 더 살 수 있을 것이니 목장 한쪽에 마련된 은퇴한 동물을 위한 시설에서 편안하게 살 나날을 기대하고 있다고 말했다. 그렇게 되면 생전 처음으로 공부도 하고 정신수양도 할 수 있을 것이고, 남은 생을 아직 다 깨치지 못한 나머지 알파벳 스물두 자를 배우는데 바칠 것이라고 말했다.

하지만 클로버와 벤자민은 일과가 끝난 후에만 복서와 같이 있을

수 있었다. 복서를 싣고 가기 위해 짐마차가 온 것은 모두가 한창 일
하고 있던 한낮이었다. 동물들은 돼지의 감독 하에 순무 밭에서 잡
초를 뽑는 일을 하고 있었는데 벤자민이 소리를 지르며 농장건물 쪽
에서 순무 밭으로 전속력으로 달려왔다. 동물들은 벤자민이 이처럼
흥분한 것을 처음 보았다. 물론 벤자민이 전속력으로 달리는 것을 본
것도 처음이었다. "빨리, 빨리, 어서 갑시다! 복서를 데려가고 있어요!"
돼지의 명령을 기다릴 생각도 하지 않고 동물들은 일을 팽개치고 농
장 건물 쪽으로 달려갔다. 클로버의 말처럼 마당에는 말 두 마리가
끄는 유개(有蓋) 짐마차가 서 있었다. 마차 옆면에는 글자가 적혀 있었
고 마부석에는 교활하게 생긴 남자가 챙이 낮은 보울러 모자를 쓰고
앉아 있었다. 복서의 우리는 비어 있었다.

동물들은 짐마차 주위로 몰려들어 "잘 가요, 복서! 잘 갔다 오세
요."라고 합창하듯 외쳤다.

벤자민은 동물들 주위를 경중경중 뛰며 작은 발굽으로 땅을 구르
며 "바보들! 바보들 같으니라구!"라고 소리를 질렀다. "바보들, 저 짐
마차 옆면에 뭐라고 써있는 줄 알기나 하세요?"

갑자기 조용해졌다. 뮤리엘이 글자를 하나하나 읽기 시작했지만
벤자민이 뮤리엘을 옆으로 밀쳐낸 후 글귀를 읽어 나갔다. 동물들은
죽은 듯 말없이 듣고 있었다.

"알프레드 시몬즈, 말 도살 및 아교 제조, 윌링던 소재. 가죽과 골
분 사고 팜. 개집 있음.' 이것이 무슨 말인지 모르겠어요? 복서를 폐마
(廢馬) 도살장으로 끌고 가고 있는 겁니다!"

모든 동물들이 경악했다. 마부석에 앉아 있던 남자가 말에 채찍질을 하자 짐마차가 천천히 움직여 마당을 빠져나가기 시작했다. 모든 동물들이 큰소리로 울부짖으면서 짐마차를 쫓아갔다. 클로버가 서둘러 앞쪽으로 달려갔다. 짐마차는 속력을 내기 시작했다. 잰 걸음으로 걷던 클로버는 힘차게 다리를 놀려 달리기 시작했다. "복서! 복서! 복서! 복서! 복서!" 클로버가 불렀다. 바로 이때 자기를 부르는 소리를 들은 듯 콧잔등에 흰 줄이 난 복서의 얼굴이 짐마차 뒷문 창에 나타났다. 흰 줄이 복서의 코를 감싸고 있었다.

"복서!" 클로버가 절규하듯 외쳤다. "복서! 뛰어내려요! 어서 뛰어내리란 말이에요! 죽이려고 데리고 가는 거예요."

모든 동물들이 "뛰어 내려요, 복서, 뛰어 내려요"를 외쳤다. 속력이 붙은 짐마차는 쫓아오는 동물들을 이미 멀찌감치 따돌렸다. 잠시 후 클로버의 말을 알아들었는지 복서의 얼굴이 창에서 사라지더니 짐마차 안에서 쿵쿵 발을 구르는 엄청난 소리가 났다. 복서는 짐마차 바닥을 발로 차서 뚫고 탈출을 하려는 것이었다. 한창 때의 복서라면 벌써 짐마차를 성냥개비처럼 산산조각 냈을 것이다. 하지만 이제는 예전의 그런 힘이 남아 있지 않았다. 발을 구르는 소리는 이내 잠잠해졌다. 절망한 동물들은 짐마차를 끄는 두 말에게 짐마차를 세우라고 간청했다. "동무들, 동무들!" 동물들이 외쳤다. "당신 형제를 도살장으로 데리고 가지 말아요!" 그러나 이 멍청한 말들은 너무 무식해서 무슨 일인지 영문을 알지 못했다. 그저 귀를 뒤로 늘어뜨리고 속력을 내어 달릴 뿐이었다. 복서의 얼굴은 창에 다시 나타나지 않았다. 누군가가 앞서 가서 빗장이 다섯 개 달린 농장 정문을 닫는 방안을 생각해 냈지만 너무 늦었다. 짐마차는 이미 정문을 통과해 한길로 사라지고 있었다. 그날 이후 복서를 다시 볼 수 없었다.

사흘 후, 복서는 말이 받을 수 있는 온갖 치료를 다 받았음에도 불구하고 윌링던에 있는 병원에서 죽었다고 발표되었다. 이 소식을 다른 동물들에게 전하기 위해 스퀼러가 나타났다. 그는 복서가 눈을 감기 전 마지막 몇 시간을 함께했다고 말했다.

"제가 지켜본 임종(臨終) 중에서 가장 감동적인 임종이었습니다!" 앞발을 들어 눈물을 닦으며 스퀼러가 말했다. "제가 마지막 순간까지 복서의 병석을 지켰습니다. 죽기 직전 힘이 없어 말을 거의 할 수 없는 상황인데도 그는 제 귀에 대고 풍차가 완성되는 것을 보지 못하고 죽는 것이 유일한 슬픔이라고 말했습니다. '동무들, 전진합시다! 동무들, 전진합시다! 나폴레옹 동무, 만세! 나폴레옹 동무, 만세! 나폴레옹은 언제나 옳다.' 그것이 복서가 남긴 마지막 말이었습니다."

이 대목에서 스퀼러의 태도가 갑자기 바뀌었다. 잠시 말을 중단하더니 작은 눈으로 이리저리 의심스러운 눈초리를 보낸 후 말을 이어갔다.

그는 복서가 실려 갈 때 말도 안 되는 사악한 소문이 나돌았다는 것을 잘 알고 있다고 말했다. 복서를 싣고 간 짐마차 옆면에 "말도살"이라는 글이 적혀 있다는 이유로 복서가 폐마 도살장으로 끌려 간 것이라고 몇몇 동물들이 성급하게 결론을 내렸는데 자신은 동물들이 왜 그렇게 어리석은 것인지 이해를 할 수 없다고 말했다. 그는 화가 나서 꼬리를 흔들어 대며 이쪽저쪽을 왔다갔다 하면서 정말로 경애하는 지도자 나폴레옹 동무를 그 정도로밖에 생각하지 않느냐고 말했다. 그의 설명은 정말로 단순했다. 한때 폐마 도살장 소유였던 짐마차를 윌링던의 수의사가 구입해서 사용하고 있었는데 미처 옛날 이름을 지우지 못해서 일어난 오해라는 것이었다.

동물들은 스퀼러의 설명을 듣고 무척 안도했다. 또한 스퀼러가 복서의 임종 때 모습과, 복서가 남들이 부러워 할 정도로 엄청나게 좋은 치료를 받았다는 것, 그리고 나폴레옹이 비용은 걱정하지 말고 가장 비싼 약을 사용하라고 지시를 내렸다는 사실 등에 관해 계속해서 상세하게 설명하자 동물들은 복서의 죽음에 관해 가졌던 의혹을 풀수 있었고, 복서가 최소한 행복하게 숨을 거두었다는 생각으로 복서를 잃은 슬픔을 위로 받을 수 있었다.

다음 일요일 아침 회의에 나폴레옹이 몸소 참석해 복서를 기리는 짧은 연설을 했다. 복서의 유해를 찾아와 농장 안에 묻어주는 것은 불가능했지만 대신 농가의 정원에 있는 월계수로 큰 화관을 만들어 복서의 무덤에 가져다 놓도록 명령을 내렸고 돼지들은 며칠 내로 추모 연회를 열기로 했다고 말했다. 나폴레옹은 복서가 자주 외쳤던 구호 두 개를 상기시키면서 연설을 끝냈다. "내가 더 열심히 일한다."와 "나폴레옹 동무는 항상 옳다." 이 두 구호를 모든 동물들이 자신의 구호로 삼는 것이 좋을 것이라고 말했다.

연회가 열리기로 한 날, 윌링던에 있는 한 식료품 가게의 짐마차가 농장에 들어와 큰 나무 상자 하나를 농가에 전달하고 돌아갔다.

그날 밤 농가에서는 떠들썩한 노랫소리가 들리고, 난폭한 싸움 소리도 들리더니, 밤 열한 시쯤에 유리창이 깨지는 큰 소리와 함께 잠잠해졌다. 다음 날 정오가 될 때까지 농가에서는 아무런 움직임도 없었다. 어디에선가 돈이 생겨 돼지들이 위스키 한 박스를 사서 마셨다는 소문이 돌았다.

10

여러 해가 흘렀다. 계절은 몇 번이나 바뀌었고 동물들은 수명이 길지 않았으므로 많은 동물들이 이미 오래 전에 생을 마감했다. 클로버, 벤자민, 까마귀 모세와 돼지 몇 마리를 제외하고는 혁명 이전의 옛날을 기억하는 동물들이 하나도 없게 된 때가 온 것이었다.

뮤리엘은 죽었다. 블루벨, 제시, 핀처도 죽었다. 존즈도 다른 마을에 있는 주정뱅이 수용소에서 죽었다. 스노우볼은 모두에게서 이미 잊혀졌다. 복서도 그를 기억하는 몇몇 동물들을 빼고는 이미 잊혀졌다. 클로버는 이제 관절이 뻣뻣해지고 눈에서 진물이 자주 나는 뚱뚱한 할머니 암말이 되었다. 그녀는 은퇴할 시기가 벌써 이 년이나 지났지만 실제로 나이 들어 은퇴를 한 동물은 하나도 없었다. 은퇴를 한 동물에게 연금을 주고 목장 한쪽에서 살게끔 한다는 계획은 없던 일이 된 지 이미 오래 되었다. 나폴레옹은 몸무게가 이십사 스톤이나 나가는 장년 돼지가 되었다. 스퀼러는 눈을 제대로 뜰 수 없을 정도로 살이 쪘다. 그나마 예전 모습을 유지하고 있는 동물은 벤자민뿐이었지만 그도 주둥이 쪽이 희끄무레해졌고 복서가 죽고 난 뒤로는 전보다 더 침울해졌고 말수도 많이 줄었다.

예상했던 것만큼 엄청나게 늘지는 않았지만 그사이 동물의 수도 많이 늘었다. 이들에게 혁명은 단지 입에서 입으로 전해져오는 희미한 과거의 역사일 뿐이었다. 다른 데서 팔려 온 새로운 동물들도 있었는데 그들은 이곳에 오기 전에는 그런 이야기를 들어 본 적도 없다고 했다. 농장에는 클로버 외에 말이 세 마리 더 있었다. 그들은 아주 늘씬하고 자발적으로 일을 하는 선량한 동무였지만 몹시 멍청했다. 셋 중 어느 하나도 알파벳 비(B) 다음 알파벳을 깨치지 못했다. 말들은 혁명이나 동물주의 원리에 관한 말을 곧이곧대로 다 믿었다. 특히 그들이 엄마처럼 따르는 클로버의 말은 무조건 신뢰하였다. 하지만 그들이 그것을 얼마만큼 이해했는지는 의심스러웠다.

농장은 예전보다 더 번창했고 조직도 더 잘 갖춰졌다. 그사이 필킹턴 씨로부터 밭을 두 군데나 사들여서 농장 규모도 더 늘어났다. 마침내 풍차는 성공적으로 완공되었고 탈곡기와 건초 운반기도 소유하게 되었다. 건물도 여러 채가 새로 들어섰다. 윔퍼는 이륜마차 한 대를 구입했다. 처음 의도와는 달리 풍차는 발전용이 아닌 곡물제분용으로 사용되었지만 이것으로 돈을 많이 벌수 있었다. 동물들은 현재 또 다른 풍차를 세우는 데 매진하고 있었다. 그 풍차가 완성되면 정말로 발전기를 설치해서 전기를 생산할 것이라고 했다. 그러나 우리마다 전깃불이 들어오고, 냉수는 물론 온수도 공급되며, 일주일에 사흘만 일을 하는 등과 같은, 스노우볼이 예전에 장담했던 것들은 더 이상 언급되지 않았다. 그와 같은 생각은 동물주의 정신에 반하는 것이라고 나폴레옹은 이를 일축해버렸다. 그는 동물들의 진정한 행복은 열심히 일하고 검소하게 사는 데 있다고 말했다.

어떻든 농장은 예전보다 부유해졌지만 동물들의 형편은, 물론 돼지와 개들은 예외로 하고, 더 나아진 것이 없었다. 돼지와 개의 숫자가 엄청나게 많아진 것이 아마도 그 이유 중 하나 일 것이다. 돼지와 개가 일을 전혀 하지 않은 것은 아니었다. 그들은 나름의 방식으로 일을 했다. 스퀄러가 줄기차게 주장하듯 농장 일을 감독하고 조직화하는 일에는 끝이 없었다. 그런 일의 대부분은 다른 동물들은 무식해서 이해할 수 없는 것들이었다. 예를 들어, 스퀄러는 돼지들이 매일 "서류," "보고서," "회의록," "각서" 같은 신비한 일을 엄청나게 해야 한다고 동물들에게 말했다. 그런 것들은 글로 빼곡히 채운 넓다란 종이로, 일단 글로 다 채우면 소각되는 것들이라고 설명했다. 그는 그 일이 동물농장의 복지를 위해 가장 중요한 것이라고 말했다. 그러나 돼지와 개들이 일을 해서 자기들이 먹을 것을 생산하는 일은 없었다. 그들의 수는 많았고 식욕은 늘 왕성했다.

다른 동물들의 삶은 그들이 알고 있는 한 항상 똑같았다. 그들은 늘 배가 고팠고, 지푸라기 위에서 잠을 잤고, 웅덩이 물을 마셨고, 들판에서 일했고, 겨울에는 추위에 떨었고, 여름에는 파리에 시달렸다. 가끔 늙은 동물들은 지금은 희미한 기억이 되어버린, 존즈를 농장에서 쫓아낸 지 얼마 되지 않아 혁명의 기운이 넘쳐나던 그 시절을 회상하며 지금이 그때보다 더 나은지를 비교해보려 애썼지만 기억나는 것이 하나도 없었다. 현재의 삶과 비교할 자료가 동물들에게는 없었다. 단지 스퀄러가 전해주는 통계 수치의 변화, 즉 모든 것이 계속해서 더 나아지고 있다는 것을 줄기차게 보여주는 숫자 외에는 참고할 자료가 없었다. 동물들로서는 어떻게 해볼 수 없는 문제라고 판단했다. 그러나 어쨌든 지금은 이에 관해서 생각해 볼 틈조차 낼 수 없는 상황이었다. 유독 늙은 벤자민만이 자신의 긴 생애를 세세히 기억하고 있다고 말했다. 그는 지금의 사정이 옛날보다 더 나아졌다고 할 수 없고, 그렇다고 앞으로 더 나아지지도 않을 것이라고 말했다. 농장의 동물들에게 배고픔, 고역, 실망은 변하지 않는 삶의 법칙이기 때문이라는 것이었다.

그래도 동물들은 희망을 버리지 않았을 뿐더러 동물농장의 구성원이라는 것이 주는 명예와 특권을 한 순간도 잊지 않았다. 영국 전체를 통틀어 동물들이 주인이고 오로지 동물들로만 운영되는 유일한 농장이 바로 그 동물농장이었다. 그들 중 누구도, 갓 태어난 어린 새끼들도, 십 마일 혹은 이십 마일 밖의 다른 농장에서 새로 들여온 신참 동물조차 동물농장의 이런 모습에 놀라지 않을 수 없었다. 예포가 울리고 깃대에서 동물농장 기가 펄럭이는 것을 보고 있노라면 동물들의 가슴은 자부심으로 한없이 부풀어 올랐고 화제는 자연스럽게 그 옛날의 영웅시대, 즉, 존즈를 농장에서 축출하고, 칠 계명을 만들고, 인간들의 침략을 물리쳤던 옛날 일로 옮겨갔다. 그 옛날부터 품어왔던 그들의 꿈은 여전히 남아있었다. 메이저가 예언한, 영국의 푸른 들판에 인간이 발을 딛지 못하게 되는 날 동물공화국이 이룩될 것이라는 믿음은 여전히 남아있었다. 언젠가는 그날이 올 것이다. 비록 당장이 아니더라도, 어쩌면 지금 생존해 있는 동물들이 살아 있을 때가 아니더라도, 그날은 오고 있다. 〈영국의 짐승들〉 노랫가락이 여기저기서 남몰래 흥얼거려졌다. 누구도 대놓고 부르지는 않았지만 농장의 모든 동물들이 그 노래를 알고 있는 것은 사실이었다. 삶은 여전히 힘들었고 그들이 꿈꿔왔던 소망들이 이루어지지는 않았지만 동물들은 자신들이 보통의 동물들과는 다르다는 것을 알고 있었다. 적어도 그들은 포악한 인간을 먹이기 위해 굶주리지 않았고, 그들이 고생스럽게 일을 하는 것은 최소한 동물 자신들을 위한 것이었다. 동물 중 누구도 두 다리로 걷지 않았다. 누구도 다른 동물에게 "주인님"이라고 부르지 않았다. 모든 동물은 평등했다.

어느 초여름 날 스퀼러는 양들을 농장 끝에 어린 자작나무로 덮여있는 놀리고 있는 땅으로 데리고 갔다. 양들은 스퀼러의 감독 하에 자작나무 잎을 뜯어먹으면서 하루 종일 있었다. 저녁때는 마침 날씨가 따뜻했기 때문에 양들을 그곳에 그대로 있게 하고 스퀼러만 혼자 농가로 돌아왔다. 결국 일주일 동안이나 양들은 그곳에 있었고 그 사이 다른 동물들은 양들을 볼 수 없었다. 스퀼러는 그 일주일 내내 대부분의 낮 시간을 양들과 함께 보냈다. 나중에 스퀼러는 양들에게 새로운 노래를 가르쳤는데 그것을 다른 동물들이 모르도록 했다고 말했다.

동물들이 일과를 끝내고 우리로 돌아온 어느 쾌적한 저녁때 양들도 농장으로 막 돌아오고 있었다. 바로 이때 끔찍한 말 울음소리가 났다. 동물들은 이 소리에 놀라 그 자리에 멈춰 섰다. 그것은 클로버의 울음소리였다. 울음소리가 또 한 번 들리자 동물들은 농장 마당으로 달려갔다. 그곳에서 클로버를 울게 만든 그 광경을 그들도 보게 되었다.

돼지 한 마리가 두 뒷발로 걷고 있었다.

스퀄러였다. 두 발로 그 커다란 몸집을 지탱한다는 것에 완전히 익숙하지 않은 듯 약간은 어색했지만 그는 완벽하게 균형을 잡으며 마당을 왔다갔다하고 있었다. 조금 있으니 돼지들이 농가에서 줄지어 걸어 나왔다. 모두가 두 다리로만 걷고 있었다. 어떤 돼지는 다른 돼지보다 더 잘 걸었고, 한두 마리는 지팡이의 도움을 받는 것이 더 나아 보였지만, 돼지들 모두가 마당 주위를 두 다리로 걷는 것에 성공했다. 이윽고 개들이 짖어대는 무시무시한 소리와, 검은색 수평아리의 날카로운 꼬끼오 소리가 나더니, 나폴레옹이 거만하게 양 옆을 두리번거리면서 두 다리로 걸어서 나왔다. 서 있는 모습이 위엄 있게 보였다. 개들이 그의 주변을 뛰어다녔다.

나폴레옹은 앞발에 채찍을 들고 있었다.

주검과 같은 침묵이 흘렀다. 소스라치게 놀라고 겁을 잔뜩 집어먹은 동물들은 돼지들이 마당 주위를 천천히 도는 광경을 지켜보았다. 마치 세상이 뒤집힌 것 같은 느낌이 들었다. 첫 번째 충격이 가라앉자 동물들은, 무슨 일이 벌어져도 절대로 불평도 비판도 하지 않는 것이 오랜 시간을 거쳐 습관으로 굳어졌음에도 불구하고, 이번에는 몇 마디라도 어떻게든 항의를 할 참이었는데 바로 그 순간 양들이 마치 신호를 받은 것처럼 일제히 외치기 시작했다.

"네 다리는 선이고, 두 다리는 최선이다! 네 다리는 선이고, 두 다

리는 최선이다! 네 다리는 선이고, 두 다리는 최선이다!"

양들의 외침은 쉼 없이 오 분 동안 계속됐다. 조용해졌을 때는 돼지들이 이미 농가로 들어가 버린 후였기 때문에 이의를 제기할 기회조차 없었다.

벤자민은 누군가가 자신의 어깨에 코를 부비는 것을 느꼈다. 돌아보니 나이가 들어 시력이 현저히 떨어진 클로버였다. 클로버는 아무 말도 하지 않고 벤자민의 갈기를 잡고 칠 계명이 적혀있는 대헛간 끝으로 그를 데리고 갔다. 그들은 잠시 동안 타르 칠을 한 새까만 벽면에 적혀있는 흰 글자들을 쳐다보았다.

"눈이 점점 더 안 보여요." 클로버가 마침내 입을 열었다. "하긴 젊었을 때도 난 여기에 적혀있는 글을 못 읽었지만요. 그래도 뭔가 좀 바뀐 것 같은데요. 벤자민, 칠 계명은 예전 그대로지요?"

벤자민은 그런 일에 끼어들지 않는다는 자신의 규율을 이번만큼은 처음으로 깨기로 하고 벽에 적혀있는 글을 클로버에게 읽어 주었다. 칠 계명은 온데간데없고 오직 하나의 계명이 적혀 있었다.

모든 동물은 평등하다.
그러나 어떤 동물들은 다른 동물들보다 더 평등하다.

그 일이 있고 난 후부터는, 예를 들어 그 다음 날 작업 감독 돼지들이 모두 앞발에 채찍을 들고 있을 때도 그 모습이 조금도 이상하게 느껴지지 않았다. 돼지들이 라디오를 구입했고, 전화를 놓으려고 하고, 〈존 불〉, 〈팃-비츠〉, 〈데일리 미러〉 같은 신문, 잡지를 정기구독 하고 있다는 것이 알려졌을 때도 그것이 하나도 이상하게 보이지 않았다. 또한 나폴레옹이 입에 파이프를 물고 농가 정원을 산책하는 것을 봐도, 혹은 돼지들이 옷장에서 존즈 씨가 입던 옷을 찾아 입고 다니는 것을 봐도 전혀 이상하지 않았다. 실제로 나폴레옹이 검정 코트에 사냥용 반바지를 입고 가죽 각반을 차고 나타난 것을 봐도, 나폴레옹의 총애를 받는 암퇘지가 존즈 부인이 일요일마다 입곤 하던 물결무늬 명주옷을 입고 나타날 때도 조금도 이상하지 않았다.

일주일이 지난 어느 날 오후에 이륜마차 한대가 농장에 들어왔다. 근처 농장의 대표들이 동물농장을 구경하러 와 달라는 초대를 받은 것이었다. 그들은 농장 구석구석을 둘러보면서 보는 족족 감탄했다. 특히 풍차에 대해서는 더 그랬다. 순무 밭에서 잡초를 뽑고 있던 동물들은 돼지가 무서워서 그랬는지 아니면 인간들이 무서워서 그랬는지 몰라도 땅에서 얼굴을 들지도 못하고 열심히 일만 했다.

그날 저녁 농가에서 웃음소리와 노랫소리가 크게 났다. 인간과 동물의 음성이 뒤섞인 소리를 듣자 동물들은 갑자기 호기심이 동했다. 동물들과 인간들이 평등한 자격으로 처음 만나고 있는 저 안에서 도대체 무슨 일이 벌어지고 있을까 동물들은 궁금해했다. 동물들은 일제히 농가의 정원으로 가능한 한 조용히 기어들어가기 시작했다.

농가 정문에 이른 그들은 겁이 나서 잠시 멈칫했지만 클로버가 앞장서서 그들을 끌고 들어섰다. 뒤꿈치를 들고 살금살금 걸어 집 가까이 접근해서 키가 큰 동물들이 식당 창문으로 안을 들여다봤다. 식당에는 농장주 여섯 명과 지위가 높은 돼지 여섯 마리가 큰 식탁에 둘러 앉아 있었으며 나폴레옹은 식탁의 상석에 앉아 있었다. 돼지들은 무척 편안하게 보였다. 그들은 카드놀이를 하다가 건배를 하기 위하여 잠시 쉬고 있는 듯 보였다. 커다란 술병이 돌았고 빈 잔에는 맥주가 계속 채워졌다. 창문으로 동물들이 경악해서 안을 들여다보고 있다는 것은 아무도 눈치 채지 못하고 있었다.

폭스우드의 필킹턴 씨가 잔을 들고 자리에서 일어나서 건배 제의를 했다. 그러나 건배에 앞서 꼭 해야 할 몇 마디를 이야기하겠다고 그가 말했다.

그는 오랫동안의 불신과 오해가 이제 종말을 고하게 되었다는 것은 자기 자신에게 그리고 참석한 모든 이에게도 대단히 만족스러운 일이라고 말했다. 자신이나 여기에 참석한 어느 누구도 그런 생각을 한 적은 없지만, 한때는 이웃 농장의 인간들이, 존경하는 동물농장 주인을 확실히 적대감이라고 할 수는 없지만 상당히 걱정스러운 마음으로 봤던 때가 있었다. 불행한 일들도 있었고 오해를 한 적도 있었다. 돼지들이 소유하고 운영하는 농장이 근처에 있다는 것이 어딘가 비정상적이고 이웃들에게 불안감을 주는 것처럼 여겨지기도 했다. 많은 농장주들이 제대로 알아보지도 않고 그런 농장에서는 방종과 무질서가 동물농장을 지배할 것이라고 속단했다. 그들은 동물농장이 자신들의 농장의 동물들과 인간 일꾼들에 악영향을 끼칠까 봐 걱정했다. 그러나 이러한 모든 의심은 이제 다 사라졌다. 오늘 그와 다른 농장주들이 이곳 동물농장을 방문해서 농장의 구석구석을 자신들의 눈으로 직접 보고 알게 된 것이 무엇이었는가? 가장 현대적인 영농(營農) 방식뿐만 아니라 모든 농장들이 귀감으로 삼아야 할 정도로 높은 수준의 규율과 질서였다. 동물농장에서는 하급 동물들이 영국의 여느 농장의 동물들보다 일은 더 많이 하면서 먹기는 적게 먹는다고 말하는 것이 틀리지 않는다고 믿었다. 실제로 오늘 동물농장을 방문한 그와 동료 방문자들은 이런 많은 장점들을 발견했고, 그것들을 즉시 자신들의 농장들에 도입할 생각이었다.

그는 동물농장과 이웃 농장 간에 있어 왔고 또한 마땅히 있어야 하는 우의를 다시 한 번 강조하고 싶다는 말로 건배사를 끝내고자 한다고 말했다. 돼지들과 인간 사이에 이해의 충돌은 없었고 있을 필요도 없었다. 그들의 투쟁과 그들이 직면한 어려움은 같은 것이었다. 일과 관련해서 생겨나는 문제는 어느 곳에서건 다 똑같지 않던가? 이 대목에서 필킹턴 씨는 자신이 신경 써서 준비해온 재담(才談)을 좌중에게 하려던 참이었는데 자기가 먼저 웃음이 나서 잠시 동안 말을 이어나갈 수 없었다. 그는 살이 쪄서 여러 겹이 된 턱이 퍼렇게 될 정도로 심하게 콜록거리다가 겨우 입을 열었다. "여러분이 여러분의 하급 동물들과 다투어야 한다면 우리 인간은 우리대로 다투어야 할 하층 계급들이 있습니다!" 이 재치 있는 말은 좌중을 박장대소하게 만들었다. 필킹턴 씨는 다시 한 번 하급 동물들에게 먹을 것은 적게 주면서도 일은 더 많이 시키고, 전반적으로 동물들을 애지중지 하여 동물들이 제멋대로 행동하지 않게 하는 돼지들의 묘책을 칭찬했다.

마지막으로 필킹턴 씨는 모두 일어나서 잔을 채울 것을 제안했다.

"신사 여러분, 건배합시다. 동물농장의 번영을 위하여!"

참석자들은 발을 굴러가며 열광적으로 환호했다. 기분이 몹시 좋아진 나폴레옹은 자리에서 일어나 필킹턴 씨에게로 와 건배를 한 후 잔을 비웠다. 자리에 앉지 않고 계속해서 서 있던 나폴레옹은 환호가 가라앉자 자신도 몇 마디하고 싶다고 말했다.

늘 그렇듯 그는 이번에도 요점만 간단하게 말하는 짧은 연설을 했다. 오해가 끝나서 자신도 기쁘다고 말했다. 자신과 자신의 동료들이 기존 질서를 파괴하려는 위험분자들이고 심지어는 혁명을 꾀하고 있다는, 적들이 만들어낸 악의적인 소문이 오랜 시간 동안 떠돌았었다. 그리고 자신들이 이웃 농장에 있는 동물들을 선동해서 혁명을 일으키려 한다는 소문도 돌았었다. 이처럼 진실과 동떨어진 것은 없다! 자신들의 유일한 소망은, 과거에도 그랬고 지금도 그렇듯, 이웃들과 정상적인 상거래를 하면서 평화롭게 사는 것이다. 그가 관리하는 이 농장은 협동 기업체이며 농장 권리증서는 비록 자신이 갖고 있지만 농장은 돼지들의 공동소유라고 말했다.

자신은 지난날의 의혹이 아직까지 남아있다고는 생각하지 않지만 최근 이 농장의 일상사에는 뚜렷한 변화가 일어났는데, 그 변화가 농장의 대외 신뢰도를 증진시키는 효과를 가져 올 것이라고 말했다. 즉, 지금껏 농장의 동물들은 서로를 "동무"라고 부르는 우스꽝스러운 관습을 유지했는데 앞으로는 금지될 것이다. 또한 어디에서 기인했는지 알려져 있지 않지만, 동물들이 매주 일요일 아침 정원에 있는 기둥에 못으로 박아 놓은 어떤 수퇘지의 해골 앞을 행진하는 매우 이상한 관습 역시 금지될 것이며 해골은 이미 오래 전에 땅속에 묻어 버렸다. 또한, 오늘 방문객들은 게양대에서 펄럭이는 초록 깃발을 보았을 것이다. 그렇다면 이전에는 깃발에 흰색으로 발굽과 뿔이 그려져 있었던 것이 지금은 없어졌다는 것을 알 수 있을 것이다. 앞으로는 동물농장 기는 그냥 단순하게 초록색만 있는 녹기(綠旗)가 될 것이라고 말했다.

나폴레옹은 조금 전에 필킹턴 씨가 한 우호적이고 대단히 훌륭한 연설에 한 가지 수정할 것이 있다고 말했다. 필킹턴 씨는 연설 내내 "동물농장"이라는 이름을 사용했는데 이제 "동물농장"이라는 이름은 폐지된다. 이 사실은 나폴레옹이 지금 이 자리에서 처음으로 그 말을 하는 것이니 필킹턴 씨가 몰랐던 것은 당연하다. 이제부터 이 농장은 "매너 농장"으로 불릴 것이며 이것이 이 농장의 정확한 원래 이름인 것으로 자기는 알고 있다.

나폴레옹이 마지막으로 말했다. "신사 여러분, 좀 전에 필킹턴 씨처럼 저도 건배를 제의하고자 합니다. 그러나 아까와는 다른 형식으로 하겠습니다. 여러분, 잔을 채우셨으면 건배합시다. 매너 농장의 번영을 위하여!"

또 한 번 아까처럼 열렬한 환호가 이어졌다. 잔은 바닥까지 비워졌다. 한편 밖에서 이 장면을 지켜보고 있던 동물들은 그들에게 어떤 이상한 일이 일어나고 있는 것을 느꼈다. 돼지들의 얼굴에 무슨 변화가 있는 것 같은데 그게 무엇일까? 클로버는 잘 안 보이는 눈으로 돼지의 얼굴 하나하나를 쳐다보았다. 어떤 돼지는 턱이 다섯 개, 어떤 돼지는 네 개, 어떤 돼지는 세 개였다. 돼지들의 얼굴에서 뭔가 녹아 없어지고 변하는 것 같은데 도대체 그것이 무엇일까? 곧 박수소리가 잠잠해지면서 참석자들은 잠시 중단했던 카드놀이를 다시 시작했다. 동물들은 몰래 농가를 빠져나왔다.

그러나 그들은 채 이십 야드도 못 가 멈춰 섰다. 농가에서 소동이 일어난 듯 서로 싸우는 소리가 크게 났기 때문이다. 동물들은 다시 창으로 가 안을 들여다보았다. 그렇다. 격렬한 말다툼이 한창이었다. 안에서는 고함소리, 식탁을 내리치는 소리, 의심에 찬 눈길, 화를 내며 그렇지 않다고 맹렬하게 잡아떼는 소리들이 한데 뒤섞여 있었다. 나폴레옹과 필킹턴 씨가 각각 동시에 스페이드 에이스 패를 낸 것이 싸움의 발단이었다.

열두 개의 분노한 목소리들이 고함을 지르고 있었는데 그 목소리들은 모두 똑같았다. 돼지들의 얼굴에 무슨 변화가 일어났는지 이제 분명히 알 수 있었다. 창밖의 동물들은 돼지 한 번 보고 인간 한 번 보고, 또 인간 한 번 보고 돼지 한 번 보고, 또 돼지 한 번 보고, 인간 한 번 보는 동작을 한동안 계속했다. 그러나 이미 누가 돼지고 누가 인간인지를 분간하기란 불가능해졌다.

동물농장

초판 1쇄 인쇄 2011년 8월 1일
초판 1쇄 발행 2011년 8월 5일

지은이 조지 오웰
옮긴이 강문순
편집인 신현부
발행인 모지희
발행처 부북스

주소 100-835 서울시 중구 신당2동 432-1628
전화 02-2235-6041
팩스 02-2253-6042
이메일 boobooks@naver.com

ISBN 978-89-93785-20-3 04080
ISBN 978-89-93785-07-4 (세트)